逆境を克服したジョンからの14の質問

「答え」はあなたの中に在る

The Answers Are Yours

ジョン・フォッピ＝著
河本隆行＝訳

SEIKO SHOBO

はじめに ジョンにできたのだから、あなたにもできる！

ジグ・ジグラー

この本、『「答え」はあなたの中に在る』は、ある楽しい一家のもとで育てられた驚くべき人間の話だ。私がジョン・フォッピを知り、ともに働いて数年になるが、読者のみなさんも、きっと彼に好意を持つだろう。ジョンは自分がいかに挑戦し、苦闘し、輝かしい勝利にいたったかを、率直にみごとに語ってくれる。

ジョンは、この本でも講演でも語っているが、もし、ちゃんとした力強い腕を持って生まれていたら、彼はただその手の届く範囲に手を伸ばし、その手が持てるだけのものを持ち上げられただけだったろう。しかし、神から両腕がないという恩恵（文字どおりの意味で）を与えられたおかげで、彼は普通の人が一カ月に出合うより多くの危機や難題を、たった一日のうちに処理できるだけの創造力を発揮せざるをえなかった。

この本でジョンが自分の人生を詳しく語っていくにつれて、読者のみなさんは泣いたり笑ったり驚いたりするだろう。きっと家族や友人やオフィスの同僚に、ぜひ読むようにと勧めるにちがいない。それはこの本が、他人をいつも思いやりながら生きる人生には深い意義があることを、みごとに証明しているからだ。

みなさんの置かれていた、あるいは現在置かれている状況がどんなものであろうと、ジョンの言葉を読むにつれて、希望が後ろにも横にもどこにも満ちあふれることだろう。自分の将来に新しい目が開かれ、その結果、人間として成長するだろう。驚きのうちにも、この青年は、どうやってこれほど多くをなしとげられたのだろうと深く考えるだろう。

そして次に、彼の家族と、数多くの人びとの愛に満ちた支えがなかったら、彼の人生はまるで別のものになっていたと気づくにちがいない。

両親、とくに母親から受けた「タフ・ラヴ（不屈の愛）」のおかげで、ジョンは単に生き延びただけでなく、たくましく育った。あなたも、彼にできるのなら自分にもできるときっと信じられるだろう。自分が「第一歩」を踏み出せば、心に新しい生気が吹き込まれ、人びととの出会いが生まれ、人生はより豊かでワクワクするようなすばらしいものになる、そう信じられるだろう。

ジョンは情のこもった率直な態度で人に接し、人に勧めるのと同じように自分でも真っ向から難題にぶつかっていく。これが好結果を生んでいる。彼には、成長して大人になるという普通のストレスに加えて、多くの人が当たり前にやっていること——食べる、着替える、電話する、車を運転する、料理する、などの行為——が、はるかに大きな問題となった。あらゆる問題に創造的に突撃することで、ジョンはその多くを解決にみちびいた。

ジョンは、多くの子どもたちと同じく、反抗、強情《ごうじょう》、怒り、自分への憐《あわ》れみなどに支配される時期を経験した。しかし、すべて無事に通過した。必要に迫られたせいでもあるが、正当な生き方からこそ良い人生が生まれると知っていたせいだった。自分の限界はわきまえていたが、可能性を切り拓《きひら》くことには時間をついやした。

この本を読めば、他の子どもたちには何でもないことがジョンには難しく、かなりの集中力や忍耐や決断を必要とし、また独自の創意工夫も必要だとジョンが学んだことがわかってくる。今日《こんにち》、社会に対するすばらしい貢献の元になっている彼の特質は、彼が切り拓かざるをえなかったものなのだ。

この本は読者のみなさんの人生を根本から向上させ、大きく変えさえするかもしれない。それこそが、私が『「答え」はあなたの中に在る』が必読の書だと信じる理由だ。

（Zig Ziglar＝全米トップ・モチベーシャナル・スピーカー）

「答え」はあなたの中に在る　もくじ

はじめに
ジョンにできたのだから、あなたにもできる！　3
ジグ・ジグラー

序章
この世に手の届かないものはない　12

第1章
行動が感情より勝《まさ》っていますか？　17

第2章
自分の〈コンディション〉に向き合っていますか？ 31
第3章
いちばんやりたくないことを進んでやれますか？ 47
第4章
自分を変えられるほど自分自身を愛していますか？ 60
第5章
自分のスタイルを持っていますか？ 85
第6章
人生という試合でのあなたのポジションは？ 100
第7章
客観的に自分を見つめていますか？ 120

第8章 どれだけの大きさの人生を求めるつもりですか？ 132
第9章 最近自分を笑ったことがありますか？ 146
第10章 正しい質問をしていますか？ 157
第11章 スパイラルは上向きですか、下向きですか？ 179
第12章 進んで助けを求めていますか？ 201
第13章 新しい可能性を探し出せますか？ 223

第14章
日常の旅を歩むためにどんな選択をしますか？ 233

おわりに
あなたに投げかけた「14の質問」 244

訳者解説
ジョンとの出逢いがわたしを変えた！ 246
河本隆行

翻訳協力＝橋川 史
著者写真＝ジム・ケネット
装幀＝フロッグキングスタジオ

「答え」はあなたの中に在る

序章

この世に手の届かないものはない

「朝、起きたとき、その夜どこにいるかなんてわかりはしない」

ぼくの人生を言い表すのに、これ以上ぴったりの言葉は思い当たらない。

この言葉は、ぼくが生まれた日には間違いなく真実を言い当てていた。ある夏の朝、病院に急ぐ父と母が望んでいたのは、健康な女の赤ちゃんの誕生だった。ところが二人がさずかったのは、弱々しく体の不自由な男の赤ん坊だった――その子には生まれつき両腕がなかった。

夕闇がせまるころ、父と母を取り巻く事態は混沌《こんとん》としていた。お腹の中にも問題があって、ぼくは大急ぎで緊急手術室に運ばれた。「この子は生きられないかもしれない」、両親は泣きながらそう思った。ぼくが数日のうちに死ぬのは、ほぼ確実だと思われた。しかしいま、ぼくは三十歳を越えて生きている。

十歳のとき、ぼくは服を着せてもらっていた。他人に依存《いぞん》しきった生き方だった。二十六歳の誕生日、ぼくは自分一人でスーツとネクタイを身につけ、インドネシアのジャカルタでセミナーに出席し、壇上に立った。

子どものころ、ぼくは兄弟たちとフットボールをすることができなかった。しかし、ダラス・カウボーイズのチアリーダーといっしょにテレビのチャリティー番組に出演したし、マイアミ・ドルフィンズでモチベーションを高める講演をしたこともある。

ぼくはかつて、ある開発途上国で、ぼくに手を差し伸べてきた男の子を抱き上げる腕がなくて、胸が痛んだ。しかし一九九三年に、ぼくは二本の手を得た。ぼくは第三世界の貧しい人たちの現状をみんなに知らせ、彼らへの募金を集める目的で行った講演が評価され、全米青年商工会議所から「十人の傑出した若きアメリカ人」の最年少の受賞者に選ばれた。この賞のトロフィーは、互いに差し伸べられた二本の手をかたどった彫刻だった。トロフィーの台の部分には、「人類の希望は行動する若者の手にゆだねられている」という言葉が刻まれていた。

ぼくの人生には、とてつもなく離れた両極端がある。あなたの人生にはそれほど劇的な浮き沈みはないかもしれない。しかし、あなたにもきっと、好不調の波、難題や成功、限界や打破、障害や利点がある。それらは誰にでもある。扉《とびら》がかたく閉ざされているように見えるときでも、必ず開けられるのを待っている窓がある。問題がどんなに解決不能に見えても、必ず解決策がある。ひょっとしたらごくありふれたものか、あるいは見たこともないものが、見つけてもらえるのを待っている。

ぼくは毎日、何十もの困難にぶつかる。そのほとんどは、普通に腕や手や指がある人ならあたり前にやっている日常の雑用をどうやってこなすかという現実問題だ。

あなたは、足先を使って卵の殻《から》を割り、目玉焼きを作ったことがありますか？

足だけを使って車を運転したことがありますか？

手を使わないで服を着たことがありますか？

ぼくは創意工夫に富んだやり方で――できれば危険も顧みない強い勇気、忍耐力、よく練れたユーモア感覚を持って――そういう難題に対処してきた。

ぼくに現実問題の解決法が見つけられるのなら、あなたにだって、きっとできるはずだ！

また、ぼくは人類に共通する感情、精神、知性といった数多くの難題にも直面する。しょっちゅうくじけたり、ストレスで参ったり、自分がはねつけられたと感じたり、将来が不安になったりする。

ソーシャルワークの修士号を取り、カウンセラーという仕事に就いたおかげでわかったことがあるとすれば、それはこういうことだ。感情面での困難は肉体面での困難より、ずっと大変なのだ。しかし、それは解決できる。

この本でぼくが伝えたいのは、基本的には次のことだ。どんな問題にも、何らかの前向きな解決がある。言い訳に逃げてはならない。解決法を見つけ出し、それに従おう。そして、困難に取り組む大変さと目標達成の喜びの両方を楽しもう。

この本で紹介するぼくの人生から読み取っていただきたいのは、あなたにとって真実だとぼくが信じるもの、そしてぼく自身にとって真実だとわかっているものだ。それは、「この世に手の届かないものなどない」ということだ。

ぼくが生き延びる確率は百万分の一だった。
あなたが人生を最大限に生きる確率は？

第1章
行動が感情より勝《まさ》っていますか?

「大っ嫌いだ!」

「ママなんか、世界で最低の母親だ!」

「どうしてそんなひどいことができるの?」

「ママはぼくが嫌いなんだ!」

ぼくがそう言うたびに、母は何も言わず、涙だけが静かに頬《ほほ》をつたった。母は黙《だま》ったまま身じろぎもしなかった。ぼくが欲求不満や怒りや恐れを激しい川の流れのようにぶちまけると、母はじっとベッドの端に腰かけていた。

汗がぼくの額《ひたい》を流れ落ち、目からあふれ出た涙と混ざり合った。十歳の子どもが知っているかぎりの悪態《あくたい》をつきながら、ぼくは母がなぜ自分にこんなにひどい仕打ちをするのかと問いつめた。「どうして僕にこんなことをするの?」と。

「ぼくが自分で服を着られないのは、わかってるじゃないか！」

「ママの助けが必要なのはわかってるじゃないか。お兄ちゃんたちの助けも必要だって！」

「ママはひどい母親だ！」

ぼくが大声で責《せ》めるたびに、新しい涙が母の頬を濡《ぬ》らした。しかし母はくじけなかった。母を責める数分間は、その時点でのぼくの人生にとって、間違いなく最悪の時間だった。ぼくだけでなく、母にとっても。母との関係は最悪の状態にまで落ち込んでいた。

この状態は十一年近くかけて培《つちか》われたものだった。ぼくが生まれる前からはじまり、だんだんと大きくなっていった結果だった。

最初からのトラブル

すぐ上の兄が生まれてからぼくが生まれるまでに、母は一度、流産をした。ぼくをみごもったときも負担が大きかった。三人の兄たちを産んだときのような幸福感も期待感もなく、いつも疲れて落ち着かない気持ちでいたと、母は書いている。ぼくを産むとき、母は流産を免れようと必死だった。ぼくが生まれるまでの十カ月の妊娠期間に、二度の仮性陣痛、二度の不必要な通院を経験した。その間ずっと、母は何かがおかしいと感じていた。

ひどくおかしい、と。

父の顔を見たとき、母は自分の予感が当たったと確信した。出産後の父の最初の言葉は「キャロル、ぼくは電話したくないよ。父さんたちに話せない」というものだった。

母がぼくをみごもった時代には、超音波診断機などの、胎児の身体的異状を親に知らせるような機械はなかった。母はあらかじめ医学的な知識を持ってぼくの誕生に備えることはできなかった。しかしぼくは、両親は神様が計《はか》らってくださったやり方で〝準備〟をしていたと信じている。

ぼくが生まれる四週間前、両親はイリノイ州ベルヴィルの近くにある「雪の聖母聖堂」に行き、静かな週末を過ごした。着いた翌朝、父は子どものころ以来久しぶりに会った司祭に、夫婦で朝食に来ないかと誘われた。湯気のたつコーヒーカップをはさんで、マロニク司祭と両親はこれまでの人生を語り合った。司祭は、聖堂ではじめた体の不自由な人のための支援プログラム「ヴィクトリアス・ミッショナリー」（VM）について話した。そして両親に、自分たちが住むイリノイ州ブリーズに支部を開設する手助けをしてくれないかと頼んだ。両親はこれを引き受け、二週間後に自宅で会合をひらいた。

会合の夜、話題の中心になったのは、つい先ごろ死んだ体の不自由な子どものことだった。その子の父親はぼくの父の知り合いだったが、その人は子どものことは一度も口にしたことがなかった。その夜両親は、同じ小さな町で生まれた子どもなのに、自分たちがまったく知らなかったことに衝撃を受けた。

その会合までは、二人とも体の不自由な人についてほとんど何も知らなかったし、そういう人とのつき合いもなかった。実際、母によれば、体の不自由な人について知っているのは、じろじろ見てはいけないという常識くらいだった。その夜の会合のあと、母は、生まれてくる子どもが普通の体でなくても、友人や近所の人たちに隠したりはするまいと心に誓った。普通とは違う子どもでも、他の子どもたちとまったく同じように接しようと思った。

というわけで、病院で本当に子どもがいくつもの異常をもって生まれたと知らされたとき、母が父に最初に答えた言葉は、勇気と信念と決意に満ちたものだった。「いいえ、電話できるわ。この子にも、他の息子たちと同じようにしてやってちょうだい。お祝いの葉巻を買ってきて、みんなに知らせて」と母は言った。

父は母の手をぎゅっと握ると、気の進まない電話をかけに行った。残された母の耳に、父の言葉がこだましていた。「赤ん坊には両腕がないんだ……」

母は直観的に、何かがうまくいっていないと悟《さと》った。しかしそのときはまだ、障害の性質も範囲もわかってはいなかった。病室に一人残った母は、バッグに手を伸ばして母親向けの小型の祈祷書を取り出した。ページをめくって異常のある子どもを持つ母親向けの祈祷文を見つけ、新しい目でそれを読んだ。そしてマロニク司祭のことを考え、司祭に電話してくれるよう看護師に頼んだ。最初にぼくを抱くときに、司祭にそばにいてほしかったのだ。二十分後、司祭は母の病室に来てくれ、ぼくは初めて母のもとに連れてこられた。

女性の看護師にやさしくぼくを渡されると、母はぼくをくるんでいた毛布を開いて腕があるはずのすべすべした場所を見た。母がやっと口にできたのは、「ありがたい、この子には足があるわ！」という言葉だった。母はぼくをまた毛布で包み、看護師の手に戻した。そしてしばらくのあいだマロニク司祭と、何十年もの時をへだてて再会したという奇跡的な「巡り合わせ」と、両親がちょうど「ヴィクトリアス・ミッショナリー」プロジェクトに加わったばかりだったという「巡り合わせ」について話し合った。

そのあとは涙になった。ぼくが生まれたあと最初の数時間のあいだ母が感じていた信念はだんだんと姿を消し、健康な子どもをさずかれなかった悲しみに変わっていった。

深刻な健康上の問題と身体的異常を持った子どもの母親になったという現実が明らかになるにつれ、深い、締めつけるようなすすり泣きが母を襲《おそ》った。自分が暗い絶望の淵《ふち》に沈んでいくような気がして、母は大声で神様にすがった。「受け入れる力をください！」と。

ぼくの身体的制約という事実をすぐに受け入れてくれたのは、おそらくもっとも意外な三人の人間だった。ぼくの兄たち、ビル、ジョー、トムだ。父は、おまえたちの弟には両手がないと、きわめて率直に兄たちに告げた。

いちばん上の兄ビリーは、どうして神様は腕のない赤ん坊を家族によこしたのかとたずねた。父は、こう答えた。「いいかい、坊や。神様はこの腕のない小さな男の子を見て、こう独り言を言われた。『さて、このおチビさんを誰のところに送れば、ちゃんと育ててくれるだろう？　おや、この一家ならこの子を家族として迎えてくれそうだし、面倒をみてくれる三人の兄さんまでいるじゃないか』。そういうわけで、これから私たちはこの子を連れて帰って面倒をみてやるんだよ。でも、この子を助けるためには、たくさんのものを我慢しなければならないかもしれない」

ビルは答えた。「パパ、ぼく、ブタの貯金箱の中身を全部この子にあげるよ……ぼくのお小遣いも……それから、パパ、ぼくたちしっかり面倒みるよ」

そして、ぼくの人生の第一日から、三人はそれを実行した。もちろんブタの貯金箱の中身やお小遣いはくれなかったけれど、実生活の上で数え切れないほど、ぼくの面倒をみてくれた。まさにぼくが必要とした通りの兄貴たちだった。

両親は、ぼくの障害の原因は何だったのかたずねたかって？　もちろんたずねた。母が妊娠中にかかった病気は、妊娠二カ月目にかかった重い香港型インフルエンザだけだった。

医者たちはそれが原因かもしれないと考えたが、確かめようがなかった。「ホワイ？（なぜ？）」という質問には答えは得られない、両親はすぐにそう気づいた。それに実のところ、「ホワット？（何を？）」という問題にすぐに気持ちを切り替えなければならなくなったのだ。

ぼくが生まれた翌朝、医者たちは、ぼくの身体の問題は当初考えていたより深刻なものだと両親に告げた。上の腸と下の腸をつなぐ手術が早急に必要だった。ぼくのお腹はすでに敗血症になっていた。その手術のためだけでも、ぼくの生き延びる可能性はほとんどなかった。両親はぼくに洗礼《せんれい》を受けさせ、それからぼくは大急ぎで、車で一時間あまりのところにあるセントルイスのカーディナル・グレノン小児科病院に連れて行かれた。

医者たちが母に長距離の移動を許可しなかったため、ぼくが母に再会できるのは二週間後だった。ぼくの命の火はほとんど消えかかっていた。

ぼくと離れていた日々、いかに空《むな》しく傷つきやすく心細い思いをしたかを、母はあちこちでずっと語ってきた。やっとぼくの病院に来たときも、これから目にするものに対して心の準備ができていなかった。母が見たぼくは、病院の小さな新生児用ベッドのなかで体をねじり、両足に針を刺され、背中は脊柱側湾症《せきちゅうそくわんしょう》のためによじれ、目はうつろにさまよっていた。

まだ山ほどの問題が残っていた

両親は、ぼくが手術を生き延びたという事実そのものが奇跡だと知っていたが、奇跡が起こったあとも、まだ問題が山ほど残っているのも知っていた。生まれたばかりの我が子には両腕がなく、股関節《こかんせつ》に重大な異状があり、生気のない目をして、頭もいびつな形をしているようだった。

ぼくの人生には神様の特別な配慮があるにちがいないと両親は信じていたが、それでも、前途に横たわる身体的問題のあまりの大きさを考えると、それがどんなものなのかと心が重くなるのだった。

母が病院の新生児用ベッドの我が子と対面したときに感じた衝動は、どこかに逃げてしまいたいというものだった。母の心の中には強い葛藤があった。たいていは豊かな愛情でぼくを抱いて世話してくれた。それでも、ときには思いがけない嫌悪感《けんおかん》にかられることもあった。母は医者から新しい宣告を聞かされるたびに拳《こぶし》で連打されるような気がした。なかでもたぶんいちばん強い打撃だったのは、おそらくぼくは歩けないだろうという診断だったろう。

当時は知るはずもなかったけれど、ぼくはいま振り返って、マリーおばさんに深く感謝している。ある日、ぼくの診察がまだ残っているのに、母はマリーおばさんの家に逃げ込んだ。この話をするときのおばさんの声にはいつも、「信じられないっ！」といった調子があった。「あなたのお母さんはどすどすと足を踏み鳴らして入ってきて、あの可愛い赤ん坊をダイニングテーブルにどさっと置くと、部屋を出て行ってしまったんだよ。毛布をはぐってみたら、赤ん坊は何も着てなかったのさ！」

マリーおばさんは、母が隣の部屋に閉じこもっているあいだ、ぼくの面倒をみてくれた。おばさんはぼくに服を着せながら、話しかけてくれた。「おまえをすっかり治してあげるからね。ここにちょっとパウダーをつけて、そこにもローションをちょっとつけてあげよう。ほら、シャツだよ。頭からすっぽり着ようね。ほうら、すてきな服を着ましょうね」

それから、ぼくを抱き上げてキッチンの揺《ゆ》り椅子《いす》に座り、椅子のゆれるリズムに合わせてぼくに話しかけた。目はずっとぼくに向けられていたが、言葉は母に向けられたものだった。「私たちは……この子を……ありのままに……受け入れましょう」。母の耳にもその声は届いていたにちがいない。

マリーおばさんがぼくを全面的に受け入れたことで、母もぼくをありのままに受け入れやすくなった。

母はまず、勇気を持とうと決意した。それが表れたのは、それから二、三週間後のことだった。ちょうどそのころ、通りの向かいに住む一家に子どもが生まれた。健康な女の赤ちゃんだった。母は以前からその家の人たちと、どんな子どもが欲しいか笑いながらしきりに話をしていた。赤ちゃんが病院から帰ったと聞いて、母はお祝いに行くことにした。

通りを渡り、その家のドアをノックしようと手を伸ばしたとき、母は自分が歯をくいしばり、両手を白くなるほど握りしめているのに気づいた。ノックにこたえて、家の人が生まれたばかりの赤ちゃんを抱いて出てくると、母は矛盾《むじゅん》した感情が激しく波立つのを感じた。くいしばった歯の間から、母はなんとか「こんにちは」とだけ言った。それから赤ん坊を見た。美しい黒髪の赤ん坊は、非の打ち所がなく見えた。その女の子には、母がぼくに望んだすべてが備わっていた。母は憎《にく》しみと嫉妬心《しっとしん》をかかえたまま通りを渡り、家に帰った。「もし、感情に匂いがあったら、私はそのとき、ひどい悪臭を放っていたでしょうね」。のちに母はそう言った。

そのとき、母は自分の感情と正面から向き合った。母は自分の姿を見た――歯をくいしばり、目を細め、眉《まゆ》を寄せ、顔をゆがめた自分を――そしてその姿に、自分は息子より奇形になっているという結論をくだした！　自分は外見と同じくらい内面も醜《みにく》いと感じた。

父に請《こ》われて、再びマロニク司祭が母に会いに来た。母は自分の感じている苦しみと悲しみを洗いざらい司祭に話した。司祭は母の肩を抱いて言った。「キャロル、それが人間の感情なのですよ」

司祭は恐れについてていねいに話し、それから母とともに祈ると、ぼくの人生に与えられた目的を母にお教えくださいと天に祈った。そして母は、人生を変えるような三つの結論を得て、その後、それに従った。

第一に、感情はうつろいやすいが、感情に引き起こされる行動には意味がある。

第二に、ぼくが不完全な人間ではないと信じる。それどころか、ぼくは大きな可能性を持った人間であり、それはいずれ明らかになると信じる。

第三に、母がぼくにいだく期待など、ぼくが自分自身にいだく期待にくらべたら、取るに足らないものだ。

この三つの結論を導き出せたことがどれほど重要だったかは、ぼくにはまだ語ることはできない。

行動は感情よりはるかに重要だ

何をするかは、どう感じるかよりはるかに重要だ。ぼくたちが経験するたいていの感情はその場かぎりのものだ。普通は外部の環境や出来事によって引き起こされるが、その出来事もその場かぎりのものだ。しかし、行動は自分自身と他人に長く影響を与える。行動——ぼくたちが実際に口にし、行うもの——は、記憶に深くとどめられる。行動はその人の信用をかたちづくる。行動は人間関係を確立し、さまざまなものを完成させる。

母は何年もの間、イリノイ州をはじめ全米の各地で数多くの講演をしてきた。ぼくはよく、「ジョン、お母さんがあなたの誕生や身体障害をどう感じたか詳しく話すのを聞いて、どんな気持ちがする?」と、人からたずねられる。

ぼくはきわめて率直に、「母の感情はとても自然なものです。でも、母をりっぱな母親にしたのは、母のとった行動です」と答えている。

ぼくは、母がそのころ持った感情のせいで傷ついたことはない。それどころか、母が自分の感情のままに行動しなかったという事実はすばらしいと思う。母はぼくに対して、責任を持ち、愛情深く、面倒見のよい、何でも受け入れる——たとえ厳しくても——母親として行動した。母はぼくに勇気と創意を要求し、母自身も勇気と創意をもった母親としての役割を果たした。

自分の行動の選択を感情まかせにしてはならない。前向きな気持ちになれないときでも、前向きに行動することはできる。それに、前向きに行動すればするほど、気持ちもそれにつられて前向きになってくるものだ。

自分を前進させてくれるような意志や信念や、将来的な夢や目標を持とう。その場かぎりの感情的な反応や、ぼくがよく、「その日の感情」と呼ぶような気持ちに従ってはならない。

ぼくたちは何よりも、「何をなすか」によって自分の人生を作っていく。

ぼくたちは誰でも人生において、異常で、
潜在的に制約を強いる〈コンディション〉に
気づく、という試練に直面する。
そして、どうしたらその〈コンディション〉が
ぼくたちの精神を
無力にしないようにできるかを学ぶ。

第2章 自分の〈コンディション〉に向き合っていますか？

アメリカでも外国でも、旅行していてよく気づくのは、ほとんどの人たちが身体に障害のある人にどう対応すればいいのかを知らないということだ。

アメリカの場合で言えば、ぼくたちはいまだに身体に障害のある人をどう呼べばいいのかすらわからない。呼び方は「不具者」から「肢体《したい》不自由者」、「身体障害者」、「身体的に困難をかかえた人」などと変わっていった。しかしたいていの場合、どの呼び名もしっくりこない。

ぼくは個人的にはレッテルを張られて決めつけられるのは好きではない。でも、一つ選ばなければならないとしたら、ぼくは〈コンディション〉（＝条件、状態）という言葉を選ぶ。「不自由」という言葉は、何かができないという感じを匂《にお》わせる。「障害」という言葉は、能力的欠陥とか欠如という感じを匂わせる。言葉の正確な意味として、（身体的には）正しいかもしれないけど、普通でない身体的〈コンディション〉を持つ人たちの多くは、自分たちが欠陥を持つとも不具だとも思っていない。身体面を表すうえでは正しい意味になるかもしれないけれど、心理や知能や精神や感情の面でも正しいとはかぎらない。しかも、そういう面のほうが人間にとってはずっと大切だ。

〈コンディション〉という言葉の定義は「何かの出現や発生になくてはならないもの。条件、必須、制限、制約」だ。ぼくの言いたいのはそういうことだ。ぼくはいろいろな意味で制限を受けている。〈コンディション〉のせいで、仕事によっては違ったやり方や限定されたやり方で取り組まなければならないこともある。

ぼくは、ある身体上の〈コンディション〉をそなえている。だからといって、ぼく自身が身体的〈コンディション〉なのではない。言葉の上ではたいして違いがないように聞こえるかもしれないけど、実際には大きな違いがある。ぼくの身体的状況は――人間としてのぼくではなく――たしかにレッテルどおりだろう。

誰だって一つや二つの〈コンディション〉を持っている

実際のところ、人は誰でも一つや二つの〈コンディション〉を持っているものだ。一見してわかるものもある。外から目に見える身体的な〈コンディション〉、外面的な身体〈コンディション〉によっては、当人に深刻な影響を与えるものもある。腕がないというのは、その最たるものだ。これらの〈コンディション〉が日常生活に与える影響について考えてみてほしい。耳が不自由だったら、目が不自由だったら、髪の毛がなかったら、手足が思うように動かせなかったら、色覚異常だったら、強度のアレルギーだったら、と。

心の中の〈コンディション〉もある。悲しみ、落胆、孤独、依存症などだ。人は誰でも、おりにふれて心の中に葛藤をかかえるし、なかにはひどいものもある。そういう〈コンディション〉が日常生活に与える影響について考えてみてほしい。さまざまなタイプの恐怖症、不安、恒常的な怒り、強迫観念、強い渇望のことを。

〈コンディション〉のなかには文明が押しつけたものもある。現代社会は特定の人たちに対して、恵まれないとか、好ましくない〈コンディション〉を備えているとかいうレッテルをたちまち張ってしまう。「片親」「少数民族」「落ちこぼれ」「貧困層」「過激派」などというレッテルを。

その〈コンディション〉が、ぼくたち自身が認めているものであれ、外部から押しつけられただけで当人が認めていないものであれ、ぼくたちはみんな、いかにして〈コンディション〉に精神をむしばまれないようにするか、という試練にさらされている。

自分に与えられた〈コンディション〉という試練に取り組む方法を見つけ出すのは、地図の上で旅行の計画を立てるのに似ている。まず、自分の位置を知らなくては、目的地には到達できない。自分の位置を知るのは、現在の自分にどんな〈コンディション〉があるのかを認識するのと同じことだ。自分の〈コンディション〉をあまんじて受け入れ、それがこの先の人生全体にどんな影響をおよぼすかを見きわめよう。それが〈コンディション〉への対処法を知るための第一歩だ。

よく受ける質問に、「両手がないことにどう対処しているんですか?」というのがある。ぼくは質問の言葉をそのまま返すことにしている。「ただ対処しているだけですよ」と。

行きたい場所に行き、そこでの時間を過ごすために、ぼくは自分の〈コンディション〉を合わせるためにしなければならないことをする。自分の目標を達成し、身体的〈コンディション〉を埋め合わせるためにしなければならないことをする。

その点では、普通の人とちっとも変わるところはない。もしあなたが、行きたいところに行き、経験したいことを経験し、夢見たことを達成するつもりなら、やはり同じように自分の〈コンディション〉に対処しなければならないだろう。

それにはいつも、次の四つのどれを選択するかを迫られる。

①寝たふりをする
②逃げこむ
③波長を合わせる
④掘り下げる

①寝たふりをする

「寝たふりをする」というのはマイナス志向の選択だ。寝ること――文字どおりではなく、たとえで――を選ぶ人は、ただ単に何をすればいいのかわからないというだけで、自分の〈コンディション〉に負けている。自分の〈コンディション〉を是正したり、それに対処する困難さから目をそむけたいと思っている人のネガティブな選択でもあるだろう。

ぼくは小学校五年のとき、「寝たふり」をしたことがある。そのころは、トイレに行くにも他人の手を借りなければならなかった。その日、先生は嫌なことがあったのか、とても機嫌が悪かった。誰かにいっしょにトイレに行ってほしいと頼まなければならない状況になったが、目の前の二重の難題――先生に許可を得ることと他の生徒に頼むこと――は、そのときのぼくにはあまりに荷が重かった。ぼくは黙っていた。そしてついに我慢しきれなくなり、おしっこをもらした。何もしないで我慢していると、単に体が送ってきた警告のサインを無視するだけでは済まない悲惨な事態を招くことになるのだと、そのときわかった。

寝たふりをする人は、努力する前にあきらめている。何もしようとしない。

ぼくの住んでいる町に、このやり方を選んだ年配の女性がいる。この十年の間、彼女は白内障《はくないしょう》の手術を拒否しつづけてきた。その結果、ほとんど失明状態になり、六人の子どもたちに面倒をみてもらうことになった。すでに成人している子どもたちは交代で母親の面倒をみた。ところがやっかいなことに、彼女は一年前に背中も痛め、それ以来ずっと背中の痛みもかかえることになった。家族は親身に世話をしているが、本人は寝たふりをして自分の健康に責任を持とうとしない。医者に診《み》てもらおうとさえしないのだ。誰かが「具合はどう？」とたずねると、いつでも「大丈夫よ」と答えるけど、実際は大丈夫どころではない。彼女は現実に目をそむけている。

寝たふりという生き方は、文字通りの生き方だ。眠ったり、テレビを見たり、電話で無駄話をしたり、テレビゲームをしたりして、一日の終わりに何の結果も生み出すことなく、物質的にも経済的にも社会的にも精神的にも、真に得るものは何もないまま、ただ時間をつぶして毎日を過ごす。

寝たふりが極端になると、個人的なリスクをまったく負わなかったり、自分の人生にいっさいの責任をとらなくなったりする。自分の代わりに他人に決定してもらい、世話してもらい、安らかな眠りから目覚めれば必要なものがすべてそろっている世界をずっと提供してもらいたいと期待するようになる。経済的にも感情的にも、自分を養うという重荷を他人の肩に背負ってもらいたがるようになる。

寝たふりとは、〈コンディション〉から逃れようとする姿勢だ。寝たふりという態度は、誰にでも選択できる。しかし、そんな選択はしないよう、ぼくは心の底からみなさんにお勧めする！　目をぱっちりと開けて、人生を——人生のすべてを——両腕で抱きとめたいと思うでしょ？　自分の人生の〈コンディション〉と向き合い、それに対処する道を見つけたいと思うでしょ？

②　逃げこむ

「逃げこむ」人は〈コンディション〉を意識するが、その大きさに打ち負かされてしまう。〈コンディション〉を是正しようとするのではない。むしろ〈コンディション〉を恐れるあまり、すくみ上がってしまうのだ。

ライオンの狩りのしかたをご存じだろうか。ライオンの群れには、群れを率いる一頭のオスと、数頭のメスと子どもたちがいる。いざ狩りとなると、オスライオンの役割は、おもに吠えることだ。オスは、群れから離れた動物や弱い動物の周囲をまわり、時々大きな声で吠える。獲物は恐怖のあまり、方向感覚を失ったり足がすくんだりしてしまう。恐怖から生まれた無気力のせいで、獲物は群れといっしょに動けない。そこにメスライオンたちがすばやく跳びかかり、殺すのだ。

逃げこむ人は、自分の〈コンディション〉に吠え立てられてすくみ上がり、ポジティブに何もできなくなってしまっている。

ポジティブに何もしないことの問題は、その代わりにすぐ〈コンディション〉に対してネガティブな何かをはじめてしまうことだ。一般的に、何か〈コンディション〉の吠え声が弱まるようなことをする。

このネガティブな対応には、大きく二つのコースがある。第一は、他人を責《せ》める方法だ。「お姉さんが伝言を残しておいてくれなかった」とか、「携帯の調子がおかしくてね」とか、「この〈コンディション〉に対処したくても、仕事が多すぎて手がまわらない。自分のことに使う時間がない」などという態度だ。

第二のコースは、〈コンディション〉という現実を覆《おお》い隠そうとする態度だ。この態度を選ぶ人はアルコールやドラッグに頼ったりする。〈コンディション〉から逃れようとして仕事から逃避したり、住んでいる土地から逃げたりするかもしれない。

ぼくの先祖ハインリッヒ・フォッピにまつわる話は、我が家では伝説になっている。ハインリッヒは、ぶどう園を持つ農民だった。自分のぶどう園のぶどうからワインを作り、樽《たる》に入れて地下のワインセラーに貯蔵した。さまざまな重圧に押し潰されそうになるたび、ハインリッヒは「洞窟」と名づけたワインセラーに引き込もり、ワインを飲んで忘却のなかに逃げこんだ。ある日妻が、彼が飲みすぎて酔いつぶれているのを見つけた。あきれかえった妻は、樽のワインを全部捨ててしまった。正気に戻ったハインリッヒは、ワインはどうしたのかと妻にたずねた。妻は「あなたが全部の樽を飲み干してしまったわ」と答えた。妻の言葉を信じる以外、ハインリッヒにはどうしようもなかった。

逃げこむ人は、自分の〈コンディション〉で人生に責任をとるという試練を恐れている。失敗するのではないかと怖がっている。失敗したと人に言われる前に、失敗したという責めを誰かに負わせて、置かれた状況から逃れようとする。

逃げこむ人は、ゲームに加わることをあまりに恐れすぎるから、けっしてゲームに勝つことはない。

あなたは、恐怖を乗り越えて人生の〈コンディション〉に取り組む道を模索する勇気がありますか？

③ 波長を合わせる

「波長を合わせる」道を選ぶ人は、自分の〈コンディション〉の能力を正直に評価し、それが代表する難関を甘んじて受け入れ、そのあとで他の選択肢や解決策などに波長を合わせようとする。

波長を合わせるためには、自分にこう言い聞かせる必要がある。「ここに〈コンディション〉があり、この〈コンディション〉を克服するための多くの選択肢がある。そして、ここに私の選んだ答えもある」。波長を合わせるとは、〈コンディション〉の正体を明らかにし、さまざまな選択肢を検討し、自分の対処法を選ぶことだ。

波長を合わせるには、必ずといっていいほど、何かを捨てなければならない。二つのラジオ放送を同時に聴いて、両方の全部を理解することはできない。同じエネルギーで同時にいくつものゴールを目指し、どれにも同じ成果を上げることはできない。ぼくは車を運転しながら、同時に誰かにこんにちはと足を振ることはできない。しかし、一度に一つずつならできる。波長を合わせるためには集中力が必要だ。やることを整理し、優先順位をつける必要がある。

二、三年前、ぼくはプエルトリコの保険会社で講演した。弟のジムも同行した。二日ほど自由になる日があったので、そのうちの一日を使って、ぼくたちはアレシボ電波観測所に行った。この観測所には、世界最大の一体型電波望遠鏡がある。アンテナは天体上のどんな対象でも追跡できるよう、どの方向にも動ける構造になっている。このすばらしい天体望遠鏡は、金星の地表の詳細な探査地図をつくったり、金星の自転に関する情報を計算したりするために使用されてきた。望遠鏡が波長を合わせているのだ。

これと同じように、人生における〈コンディション〉にうまく対処する方法を発見するため、ぼくたちもその時々に応じて自分自身に波長を合わせる必要がある。ぼくに関して言えば、波長を合わせるとは、さまざまな〈コンディション〉にポジティブに取り組むための第一歩だ。

ぼくの場合、絵を描《か》いて過ごす時間が自分の奥深くにあるものに波長を合わせる手助けをしてくれる。子どものころ、ぼくは芸術的な才能に恵まれた兄のトムがうらやましくて仕方がなかった。六年生のときに教わったリタ・ペイジ先生は、ぼくの芸術的才能を開拓しようと努力してくれた。先生はぼくに、トムと自分を比べたり、トムの絵をまねて描こうとしたりするのはやめなさいと言った。そして自分の創造的な才能を掘り下げるよう励ましてくれた。

ぼくは先生の励ましにとても感謝している。絵を描くことは、ぼくにとってはとてもよいセラピーだ。自分の思考や感情を整理する手助けをしてくれる。寝室の隣にはいつでも好きなときに絵の道具をひろげられる静かな部屋があり、たいてい描きかけの絵が置いてある。ぼくにとって絵を描く時間は、波長を合わせて自分の思考や感情、夢や目標を整理する時間だ。

波長を合わせることで、創造性が多くの異なった方向へと開かれる。ニュートンはリンゴが落ちるのを見たとき波長を合わせ、その結果、万有引力を発見した。ガリレオはランプが大きく揺れるのを見て、時間を計るのに振り子を使うという発想に波長を合わせた。ワットは台所でやかんのふたが蒸気に持ち上げられるのを見たとき、蒸気機関という着想に波長を合わせた。

あなたは人生のための次善の動きに焦点を合わせたいですか？　それとも自分のいちばん深いところにある必要や思考や創造的な衝動に波長を合わせ、自分にぴったりの選択肢を見つけ出したいですか？

④ 掘り下げる

「掘り下げる」というのは、どんな状況や環境に置かれていようと、〈コンディション〉に対処するために自分が選んだ道を進むということだ。すべての選択がすべての環境でうまくいくことなどありえない。しかし、少なくとも選択の一つがうまく働くという可能性はある。

それが、ネクタイを結ぶようになったときにぼくが取ったやり方だった。十代のころはネクタイをすることもなかったが、講演者《スピーカー》として仕事をはじめ、公の場での依頼が来るようになると、スーツとネクタイを身に着ける方法を考案しなければならないのは時間の問題だった。

どう頑張っても、ネクタイを首に巻いた状態から足の指を使って結ぶことはできなかった。きっと別の方法があるとわかっていたので、ぼくは掘り下げることにし、父と母といっしょに別の方法を探した。まず考えたのが、あらかじめネクタイを結んでおいて、それを首にかけ、一方を引っ張って結び目を締める方法だった。理屈ではうまくいきそうだったが、実際は駄目だった。結び目がくずれてだらしなく見えてしまうのだ。それに、結び目が完全にほどけてしまうこともあった。

試行錯誤《しこうさくご》を繰り返し、ぼくたちはついに解決策を見つけた。父が自分の古いネクタイをぼくの首に正しい長さで締めた。それから母が、結び目の両端を短く残して、あとの首の後ろにくる部分を切り取ってしまった。そしてシャツの襟の下の、その短い部分が隠れる場所にマジックテープを縫いつけた。ネクタイの端はマジックテープに固定されてシャツの襟の下に隠れ、誰も首のまわりにはネクタイがないことに気づかない。

　この方法のおかげで、ぼくは気に入ったネクタイをいつでも買えるようになった。ぼくは上等なネクタイが好きで（お気に入りはブルックス・ブラザーズだ）、実験用に何本か切り刻まなければならなかった。しかし、掘り下げたおかげで、あらたまった行事のために旅行するときも、人の手を借りることなく自分で着替えられるという解決策を見つけた。

　掘り下げるというのは心理的なものなので、選択の機会がたびたびある。ときには一日に何度も、自分にこう言い聞かせることもある。

「ぼくは積極的なやり方で前進しよう。やりたいことをやり、経験したいことを経験し、達成したいことを達成するよう、〈コンディション〉に対処しよう」

　さきごろ、おばの一人がガンの合併症で亡くなった。その死は悲しいことだが、彼女はぼくにとって、掘り下げて立派に闘ったすばらしい好例だ。おばは十五年前にガンと診断されたが、力のかぎりガンと闘おうと決心した。進んであらゆる療法を試み、必要なことは何でもした。

　片方の胸も切除した。ガンがなおも転移をつづけると、型通りの化学療法もすべて受けた。その間ずっと、医者たちはあまり良い見通しを持たなかったが、おばは自分が死に向かっているという医者の意見をかたくなに受け入れなかった。一連の外科的治療がすべて終了すると、おばは内科医に、まだ実験段階の新薬と療法を試してくれと言った。それらの手段も底をつくと、薬草を注文し、漢方の別の薬を捜した。おばは掘り下げ、誰も予想しなかったくらい長く生きた。亡くなる三カ月前にはダンスまでしたのだ。

ぼくの考えでは、追い求める価値があると思える目標を設定しなければ、本当に掘り下げるということはなかなかできるものではない。

あなたは自分の人生のために、たゆまぬ努力と熱意をもって最も前向きな行動を追求する意欲がありますか？

こうして成長がはじまる

寝たふりを選ぶ人は成長しない。逃げこむ人も同じだ。成長するのは、自分の人生の〈コンディション〉と波長を合わせ、それを克服するための最良の解決策を探し、そのうえで解決を求めて掘り下げる人だけだ。

ぼくの人生にも、何度となく寝たふりをしたくなったりへこたれそうになったりしたときがあった。しかしそれより、ぼくは波長を合わせ、掘り下げることを選んだ。あなたはどうしますか？

往々にして、
最初にしなければならないのは、
いちばんやりたくないことだ。

第3章
いちばんやりたくないことを進んでやれますか?

たとえ両腕があったとしても、ぼくの誕生で両親は問題を一つ、かかえることになった。ぼくは四人目の息子だったが、ぼくたちの家は小さかった。成長する子どもたちのためには大きな家が必要だった。ぼくが生まれてから一年半ほどして、両親は新しい家を探しはじめた。

まもなく母は、同じ町の古い地区にあるクイーン・アン・ヴィクトリア様式の堂々とした古い家に魅了《みりょう》された。大きな寝室が五つあるのも、広い庭も、家を取り巻く心地よさそうなポーチも、屋内の美しい細工《さいく》かざりも、玄関前に番兵のように立つ堂々としたブナの巨木も、みんな気に入った。

その家は、A・C・コッチとその妻のエイダが一九〇〇年代初期に建てたものだった。コッチは製粉会社の経営者として富を蓄えた人で、クイーン・アン様式の邸宅は夫妻の夢の家だった。コッチは一九五六年に亡くなり、エイダは一九七二年に亡くなった。夫人の死後、子どもたちが家を売りに出したというわけだ。

ぼくの両親は興味をひかれた。その家のことを調べれば調べるほど、自分たちがその家で子どもたちを育てる夢がふくらんでいった。両親はコッチ家と値段を交渉し、話がまとまった。しかし、契約書にサインする前に、二人は母方の祖父母、エルマーとヘンリエッタ・ステューケンバークにその家を見せることにした。父と祖父は外から家の基礎と窓を調べた。母と祖母は家の内部を点検した。母たちは居間とダイニングルームを隔てている重い引き戸を開けた。配膳室にある作りつけの戸棚に驚きの声をあげた。三十二段もある堂々とした階段を昇った。二人は家じゅうを隅から隅まで見てまわった。母はこの家に住むという考えに興奮ぎみだったが、祖母はあまりものを言わなかった。

母と祖母は、家の探検を完了したあと階段を降りて、一階のホールの階段脇にある作りつけの腰掛けに座って休息した。母は祖母が無口なのに気づいて言った。「ずいぶん口数がすくないのね。どうしたの?」

祖母は少しためらっていたが、気にかかっていたことを口にした。「キャロル、おまえがこの家に夢中なのはわかるわ。本当にすばらしい家だもの。でもね、ジョンが歩けるようになるかどうか、まだわからないでしょう。あの子はどうやってこの階段を昇り降りするの？」

今日《こんにち》の心理学者は、おそらく祖母の言ったことを「現実の確認」と呼ぶだろう。母から見れば、どんどん大きくなる熱い情熱の炎に冷や水を浴びせられたようなものだった。祖母が道理を説いているのがわかって母の心はしずんだ。人生の面倒ごとや緊張から逃れられるすばらしい場所だと思っていた家が、ぼくにとって、つまりは母にとっても、さらなる面倒や緊張の原因をはらんでいた。

ぼくは足の指を使ってものをつまんだり掴《つか》んだりできるようになっていたが、生後一年十カ月になるまで一歩も歩けなかった。両親はぼくを医者に連れて行ったり、検査のときには病院に来たりした。医者たちは深刻な調子で、この子は股関節の変形のせいで一生歩けないかもしれないと言った。さまざまな医者が苦労してぼくの股関節にピンを取りつけたりして骨の成長を強化しようとした。

医者のなかには、できるだけ早く義足《ぎそく》をつけて、早くから義足の使い方に慣《な》れたほうがいいと勧める者もいた。両親はセントルイスにあるシュライナーズ病院に数え切れないほど通った。

ぼくがそんな状態では選択の余地はなかった。二階と三階にいくつも寝室のある家は夢のようにすばらしかったが、ぼくの両親と、もうすぐ二歳になる腕がなくて歩行もできない息子には、ふさわしい家ではなかった。

父と母は家を買う契約を取り消した。もちろんがっかりしただろう。でもそれと同じくらい、自分たちが正しい行動をしたと確信したにちがいない。

両親は広い家に住むのをあきらめたのかって？　いや、そうではない。しかし、もっと良い考えに移るには、最初の考えを捨てる必要があった。そう、まずは、やりたくないことをする必要があったのだ。

両親の得た答えは、郷里の小さな町から十六キロも離れた森林地帯にある八ヘクタールのリンゴ園だった。二人はその土地で、なだらかな二つの丘の間にある静かな池のほとりに家を建てた。ぼくたちはそれから三年後にその家に引っ越した。木々の間を通る小道をたどると、ショール川に出た。いまでも家の裏手を流れている。

両親はガラスの引き戸のついた近代的な家を設計した。引き戸にしたのは、ぼくが肩を使って楽に開け閉めできるだろうと考えたからだった。家が完成したとき、ぼくは五歳で、身長一メートル七センチだった。そのため、家じゅうの電気のスイッチは、ぼくが肩でつけたり消したりできるよう、床から一メートル二十センチという標準の高さではなく、九十センチという低い位置に取りつけられていた。母は、ぼくが屋内のドアを顎《あご》や肩で簡単に開け閉めできるようにと、各部屋のドアの取っ手もすべてレバーにした。両親は、この家で将来ぼくの障害になるかもしれないと思ったものは、徹底して取り除くか改良しようとした。

やがて、ぼくは歩けるようになった。そしてたちまち、両親が学んだ教訓を自分でも学びはじめた。

――時として、最初にしなければならないのは、いちばんやりたくないことだ。

〈やりたくないこと〉と〈できないこと〉

ぼくや兄弟たちがうるさくつきまとったり、めそめそ泣いたり、喧嘩したりするのに我慢できなくなると、母はよくこう言った。「おまえたち、外に出てひどい臭いを吹き飛ばしておいで！」

その言葉が出るときは母が本気だとぼくたちにもわかっていたので、大急ぎで外に出るに越したことはなかった。そのころ、果樹園のなかに建てられた新築の我が家の周囲には田園地帯がひろがっていた。

両親は、さらに二人の息子をもうけた。ぼくより三年あとに生まれたロンと、引っ越しのときには赤ん坊だったジムだ。六人もの男の子をかかえていたので、ときには母が正気をたもっていられる唯一の道は、年かさの子どもたちを外に出すことだったのだと思う。
といっても、ビルやジョーやトムやぼくがそれを気に病んだわけではない。家を取り巻く自然のなかにも探険するものはたくさんあった。ときどき、兄弟たちは自転車に飛び乗って林の中の小道を走って行った。またときには、カヌーに乗って池に漕《こ》ぎ出し、ヘビやカエルを探したりした。リンゴの木の枝によじ登って、まだ青いリンゴを投げ合ったりもした。

こういう戸外での冒険は兄弟の結束を強めたものの、同時にぼくをのけ者にしがちでもあった。ぼくはリンゴの木に登ることも、自転車に乗ることも、カヌーを漕ぐこともできなかった。

ちょうど戸外の遊びで兄弟からのけ者にされていると感じるようになったころ、ぼくは幼稚園に通いはじめた。じろじろ見られるうえにクラスメートから質問責めにされ、家族がくれた抱擁《ほうよう》と肯定という心地よい防護壁《ぼうごへき》は取り払われてしまった。どうすればいいのかどんどんわからなくなり、のけ者にされたと感じるようになった。ブランコやジャングルジムで遊びたいと思いながら、運動場の隅に座ってこらえきれずに涙を流した。

ぼくは、誰もが知っていることを自分だけが知らないと思うようになった。仲間たちはどういうわけかぼくより何でもよくできるし、幼稚園では、家族とうまくやれるようには子どもたちのなかに溶け込んでいけなかった。他の子どもたちが遊んでいるとき、ぼくは一人で、運動場の見張り当番に来ている父兄にぴったりくっついていた。

ぼくは雨の日が好きだった。雨の日の休み時間には教室の床でゲームをした。その程度の遊びなら、ぼくも参加することができた。しかし雨の日は、ぼくのなかに根を下ろしはじめた恐怖心とみじめさを取り払うほど数多くはなかった。

自分がどんどんこう考えていくのがわかった。「違っているのはいやだ……他の子たちに面倒をかけたくない……ものを頼むのが怖い」「しくじったら、どうしよう」

ぼくはどんどん、自分の足ではできないことばかり気にするようになり、それは長いリストになった。

- ぼくは一人で服を着たりコートのボタンを外したりできない。
- ぼくは一人でトイレに行けない。
- ぼくは自転車に乗れないし、野球のバットが振れないし、ハサミも使えない。
- ぼくはフットボールの球を受けられない。
- ぼくは自分の靴の紐《ひも》を結べない。

自分の限界ばかりを気にすればするほど、欲求不満がつのっていった。欲求不満はやがて憤りと自分への憐れみに変わっていった。まもなく、ぼくは「できない」としか言わない引っ込みじあんで強情な子どもになった。

幼稚園の先生の一人が、ぼくが「できない」という言葉をあまりに頻繁に口にするのに気づいた。先生はぼくが幼稚園になじめないのを感じとって、教室で『ちびっこきかんしゃくん』という絵本を読んでぼくに手を差し伸べようとしてくれた。ぼくがその物語に込められた教訓を心に留めて、もっと進んで新しい行動をしようとすることを、ひそかに望んでいたのだろう。

教室でその物語を読んでくれてからまもなく、先生はぼくに何かをしてくれと頼んだ。どんな仕事だったのかは覚えていないけど、ぼくは自分が何と返事したのかは覚えている。ぼくは先生の目を見てこう言った。「できると思うけど……できると思うけど……できると思うけど……でも、やりたくない」

ぼくがあくまで強情を張り通そうとするのを見て、先生と両親は笑った。とはいえ、その言葉の奥には、おそらくそのときは誰も気づかなかった粗削《あらけず》りな正直さが見えていたのだろう。ぼくは心の底からやりたくなかったのだ。

ぼくの知っている人の多くが、家族や上司、政府や役所に「やりたくない」と言いたい気持ちを持っている。「けさは子どもを車で学校に送って行きたくない！」とか、「今夜は残業したくないし、明日は朝早くから出勤したくない！」とか、「税金を払いたくない。それに、こんなばかげた制限速度なんか守っていられるか！」とか考えている。

人生はやりたくないことでいっぱいだ。しかし、やりたくないというのは必ずしも、できないことの正当な理由にはならない。ぼくは全力でその教訓を学ぼうとしていた。

〈憐れみの壺《ピティ・ポット》〉へとまっさかさまに落ちる

どうしてもできないことがある――それにどうしてもやりたくないこともある――というぼくの欲求不満と結びついたのは、膨《ふく》れ上がっていく怒りだった。やがてその怒りは人間ではなく神様に向けられた。

兄たちがツリーハウスをつくっていたときの、ある出来事をいまでも覚えている。兄たちが木に登り、枝のあいだで自分たちの家を手造りしているのを、ぼくは下から見上げているしかなかった。ぼくは自分に腕をくれなかった神様を恨《うら》み、その夜は「どうしてぼくだけが？」と訴えて泣きながら眠った。

ところで、ぼくは神様の存在を否定したことはなかった。神様はたしかにいると信じていた。ぼくはただ純粋に、ぼくをこんな体につくり、こんな不公平を強《し》いるなんてと天を呪《のろ》った。神様がぼくにしたことが何から何まで気に入らなかったし、どんなやり方でも姿や形でも、ぼくの味方をしてくれると思ったことはなかった。

ぼくが神様に毒《どく》づいて「どうしてぼくだけが？」と訴えたのは、その夜だけではなかった。自分をかわいそうに思う気持ちから始まった行為は、型通りの自己憐憫《れんびん》——自分を憐れむ気持ち——になっていった。ぼくは必死で神様の助けを求めた。とりわけ、腕をくださいとお願いした。しかし心の中では、神様はぼくなんかに注意を向けてくれないだろうと思っていた。何かしてくれるかもしれないなんて期待しても無駄だと。

ぼくは、自分が腕がないまま一生を送らなければならないという受け入れがたい可能性と格闘していた。

自分を憐れめば憐れむほど、ぼくは自分にできないことばかりを気にかけるようになった。それを繰り返して、いっそう自分を憐れむようになった。このスパイラルは下へ下へと下っていき、とうとうぼくは、自分が〈ピティ・ポット（憐れみの壺《つぼ》）〉と呼ぶ場所まで落ちていった。人がピティ・ポットまで落ちると、自尊心はどこかに消えてなくなってしまう。

自分がなれないもの、できないもの、持っていないものに完全に心を奪われてしまうと、価値とか尊厳とかいう感覚を持つのは不可能に近い。

もし現在、あなたが自尊心に関わる問題で苦悩しているなら、じっと鏡を見ながら、「自分は人生を否定的に見ているだろうか、肯定的に見ているだろうか？」と自問してみるといいだろう。

あなたが正直な人なら、自分がなれないもの、できないもの、持っていないものにばかりに気をとられていて、自分に備わった優れた特性、自分にできる多くのこと、自分の持つ有形無形の豊かな才能や美点などに目を向けなかったと認めざるをえないだろう。

最後にその時が来る

最後には必ず、欲求不満や怒りが爆発するときが来る。その時点で、人は二つの選択肢に直面する。火山のように憤りをぶちまけて、大切な人間関係や、ついには自分の人生にいたるまで、多くのものを破壊してしまうこともできる。あるいは、欲求不満や怒りの持つマイナスのエネルギーを、自分を変えるために必要なプラスのエネルギーに変えることもできる。

必要なのは、愛だ。あなたは自分を愛していますか？　他人を愛していますか？　もしそうなら、あなたはもう、変化に向かう最初の一歩を踏み出している。
あなたのいちばんやりたくないことは何ですか？
あなたは、変わるのにじゅうぶんなだけ、自分を愛していますか？

夢の実現のために払うべき代価は、
自分自身に置く価値に比例する。

第4章 自分を変えられるほど自分自身を愛していますか?

小学校低学年のころ、ぼくは次第に打ちのめされていく気がしていた。いくら頑張って溶け込もうとしても、さまざまな状況に出合うたびに限界を感じ、人並みにはなれないという気持ちが強くなっていった。やる気を起こそうというモチベーションにはなれなかったし、義手を着けることについてもしばしば両親と言い争った。

小学校に入学したとき、ぼくは新しい義手をもらった。その前にもらって操作を教わっていた幼児用のフックから、今度は肌色に塗られたゴム製の「手」になった。指には型押しで指紋がつけられ、手首や腕の内側には血管も描かれていた。

この人工装具は遠くから見ると本物の手にそっくりだったが、重くて扱いにくかった。重さは四・五キロもあり、体重が二十七キロしかない子どもには、かなりの重荷だった。ぼくはそれを着けると汗だくになった。

機能的にも、義手はフックよりほんの少しましなだけだった。指は一つにくっついていて、ものを持ち上げるのも鉤爪《かぎづめ》のようだった。手首は三百六十度回転できたし、肘《ひじ》は継ぎ目でつながれていた。義手の動きはすべて、両肩と胸の上部の筋肉の一連の動きで操作するようになっていたので、ぼくはそれを習得しなければならなかった。

義手のおかげで外見は他の子どもたちに近くなったが、この器具を装着していると、いやでも自分が他人と違うことを実感した。ぼくは日常的にそれを装着するのを拒否した。

そのころ、ぼくは相変わらず、着替えとトイレには家族の手を借りなければならなかった。一人でできるようになろうという気持ちはまったくなかった。

父と母はぼくの自立を助けようと、ぼくの服を改造するというアイデアを提案した。ぼくは気が進まなかった。改造した服を着れば、他人と違う点がまた一つ増える。ぼくはそんなことはしたくなかった。

けれど父と母はぼくをハロルド・ウィルク博士に引き合わせた。博士は聖職者で、生まれつき両腕がないが世界じゅうを回って活動していた。両親は、博士に会えばぼくが将来に希望を持ち、博士が一人暮らしのなかで使っている技術をいくらかでも覚えるかもしれないと期待していた。

ウィルク博士は我が家を訪れ、自分が毎日の生活でやっている実用的な方法をたくさん教えてくれた。

その一つに、誰の助けも借りずにトイレで用を足す方法があった。博士はよく伸び縮みするサスペンダーをズボンにつけ、下着を着用していなかったので、片足で立った状態で、もう片方の足の先を使ってズボンを下ろすことができた。手がなくてシャツの裾をズボンの中に入れることができないので、シャツは、裾がまっすぐになるように四角く切ってあった。また、足には日本の足袋《たび》をはいていた。この形だと、つま先を使って物をつまみ上げたり操作したりできる。

でもぼくは、そんなアイデアとかかわるのはまっぴらだった！　足袋をはいたり、ましてやサスペンダーを着けるなんて、学校で自分と他の子どもたちとのあいだにまた新しい違いが生まれるだけのことだと思った。手助けなしにトイレに行くためにサスペンダーを着けていると、誰かに説明することを考えただけで、ぞっとした。そういう理由に加えて、きっと兄弟たちも、しょっちゅうサスペンダーをパチンと引っ張ってぼくをからかおうとするだろうと思った。何より、そんな苦労をしなければならないこと自体に腹が立った。とはいうものの、トイレに行ったりシャツの裾をズボンに入れたりするのに手助けが必要だという事実にも、恥ずかしい思いをし、腹を立て、いらだっていた。

五年生になったころのぼくは、ほとんど誰に対しても、おおっぴらにふてぶてしい態度をとるというやり方を身につけていた。身体的な苦労ばかりに気をとられ、理科と算数で落第点を取るようになった。ぼくの否定的な態度は強情を張るという形をとり、ぼくは学校では先生に、家では両親にたてついた。

両親は、さらに二人の息子ができたため、子育てに奮闘《ふんとう》していた。双子の弟、パトリックとポールは、一九七八年に生まれた。ぼくが講演で八人兄弟だと話すと、いつでも両親への畏敬の念と同情が入り混じった反応が返ってくる！

ぼく自身だって、ぼくが生まれたあとにも両親が子どもを持つ決心をしたことには、深い尊敬と賞賛の気持ちを持っている。ぼくの〈コンディション〉の原因がはっきりしなかったのだから、父も母も、再び妊娠するのは怖かったにちがいない。次の子どもが障害なく生まれてくる保証はなかった。

それにもかかわらず、二人は恐怖が人生を支配するのを許さなかった。大人になったいま、もっと子どもを持とうという二人の決断は、はっきりした希望の表明であり、人生は価値があるという力のこもった表明だったとぼくは考えている。弟たちの誕生はいつも、人生は不確かでもつづいていくという、世界に向けた宣言だった。

もちろん子どものときは、ぼくは自分の〈コンディション〉にばかり気をとられていて、兄弟たちには注意をはらわなかった。もし、弟たちの誕生を少しでも意識していたら、おそらく慰《なぐさ》めを得られたことだろう。両親は双子の弟たちにかかりっきりだったので、ぼくに自分一人で何でもやるよう言い聞かせるひまがなくなった。おかげでぼくは何でも兄弟に助けてもらうことができたし、口論もなくなった。

しかし、事態は急展開したのだ。

サマー・キャンプをめぐる衝突

ある日の午後、校長先生が五年生、六年生、七年生、八年生の全員を体育館に集めた。そこでぼくたちは、キャンプ・オンデソンクという、イリノイ州南部のショーニー国立森林公園にあるサマー・ユース・キャンプでの一週間について説明を受けた。丸太小屋で寝たり、乗馬をしたり、一晩泊まりのハイキングに行ったり、キャンプファイアーの積み上げ方を習ったり、「開拓者とインディアン」というゲームで遊んだりなどという話を、いまでも生き生きと覚えている。自分の現状が気に入らない五年生だったぼくにとって、その冒険は信じられないほどすばらしいものに思えた。なんてすてきな現実からの逃避なんだろう、と。

前の年に参加した兄たちからもキャンプのことは聞いていた。今度は間違いなく、ぼくがこのすばらしい経験をする番だ！

その日は、学校がいつまでも終わらないような気がした。学校で配られた書類を持って家に帰るのが待ち遠しくてたまらなかった。ぼくは走って家に帰ると、すぐにキャンプや学校集会のことを母に洗いざらい話した。思い出せるかぎりのこまごましたことを詳しく話し、それから、興奮と期待でわくわくしながら、キャンプに行ってもいいか、母にたずねた。

少しの間、母は黙って立っていた。そしてうつろな表情になった。ぼくは悪い予感がした。とうとう、弱々しい声で母が言った。「このことは夕食のあとで話しましょう」

母の心の中まではわからなかったけれど、それ以上しつこくしてはいけないと、何となくわかった。

夕食後、兄さんたちが食器を洗っていると、父と母はコーヒーを持って家の裏手のテラスにそっと出て行った。兄さんたちは両親が出て行ったことを全然気にも留めていなかったが、ぼくは二人がぼくをキャンプに行かせるかどうか話しているにちがいないと思った。知りたい気持ちに勝てなくて、ドアをそっと開けて覗《のぞ》くと、両親がポーチのブランコに座ってコーヒーを飲みながら、夜の庭を見つめている姿が見えた。ぼくはテラスに出て、キャンプ参加同意書にサインしてくれるかどうかをたずねた。

深いため息をつき、助けを求めるようにちらっと父を見てから、母は言った。「ジョン、あなたはキャンプへは行けないわ」

心臓がドキドキし、目から涙があふれた。ぼくは足を持ち上げて涙をふいた。そしてしゃくり上げながら、「どうして?」とたずねた。

「あなたは自分の面倒をみられないでしょ。一人でトイレにも行けないし」。母は沈んだ声で言った。「どうしたらいいのかわからないのよ、ジョン。私たちはあなたにいろいろなアイデアを与えようとしてきた。ウィルク博士が自力でやるためにサスペンダーをどう使うかを見せてあげた。でも、あなたは聞こうとしないし、何もしようとしない」

それでもまだあえぎながら、口をとがらして、ぼくは食い下がった。「あんなの、ちっともうまくいかないよ!」

母は言った。「そんなこと、わからないでしょ。うまくできるかどうか、やってみようともしなかったじゃないの。もし博士の方法を使う気がないのなら、一人で服を着たり、一人でトイレに行ったりできる方法を自分で考え出さなければならないわ。私たちはみんな、あなたを助けようとしたの。あなたと争い合うのは、もう、うんざり。あとはあなた次第よ」

父も言った。「ジョン、もし、自分のことをもっとうまくやれるために身の回りのものをどう改良すればいいか、いい方法を思いついたら私たちに言いなさい。そうすれば、家やおまえの服を何でも、おまえが一人で使いやすいように変えてあげよう。だけど、私たちのほうからおまえにしてあげられることは、もうないんだ」

ぼくは自分の耳が信じられなかった。怒りと驚きでいっぱいの頭のどこかで、疑問がドンドンと音を立てはじめた。「パパとママは、ぼくに何をさせようとしているんだろう？ ママはぼくにどうしてほしいんだろう？ パパは何を言ってるんだろう？ なぜこんな目に遭《あ》うんだろう？」

聞かされたことにすっかり動転していたとはいえ、そのときのぼくには両親の決断をすっかり理解することはできなかった。

ぼくは早めにベッドに入り、泣きながら眠った。涙の大きな理由はキャンプに行くという大冒険を拒絶されたことだったが、自分の将来がどうなるのかという不安の涙も混じっていた。

ぼくが眠っているあいだに、母は他の兄弟全員を集めた。他の家庭ではどうだかわからないが、ぼくの家では、子どもたちのルールは事実上、母が決めていた。もし母がルールを変えたいと思えば、もちろん、母はルールを変えた。その夜、ルールは変えられた。

母は他の兄弟たちに、ぼくが自分のひどい態度のせいで学校で面倒な状況に陥っているうえに、身の回りのこともなかなか一人でできるようにならないということを、心をこめて説明した。そして兄弟たちに、ぼくが何でも自分でできるようになるためには、ぼくに手を貸すのをやめる以外に方法はないと言った。母は、わかりやすいように具体的な例をあげた。「もしジョンが自分で服を着られるようになるまで裸で走り回らなくてはならないとしても、裸のままでいさせなければならないわ」

母は、兄弟たちがぼくの手助けを断るのは難しいと知っていた。しかしそれと同じくらい、家族全員が一丸となって新たな方法でぼくを助けようとすれば、ぼくのためになると確信していた。そこで、「もし、誰かがジョンを手伝っているのをパパやママが見つけたら、お仕置《しき》きよ」と、お決まりの脅し文句をつけ加えるのを忘れなかった。

自分が眠っている間にこんな話し合いが行われていたなんて、ぼくはまったく知らなかった。次の日ぼくは、ごく控えめに言っても、かなり荒っぽい朝を迎えた。

自分を憐れむだけの少年

ぼくは弟のロンと寝室が同じだった。次の日、学校に行く準備をしようとして、ぼくはロンにズボンを引き上げてくれと頼んだ。ロンはいつもと同じように手を差し出して、手伝おうと近づいてきた。

いつのころからか、兄弟たちは不平を言うこともいやがることもなく、着替えを手伝ってくれていた。しかしその朝、ロンは急に立ち止まった。まるで恐ろしい怪物がぼくの後ろに立っているように、恐怖の表情が顔に浮かんだ。ぼくは両足首をズボンに入れて突っ立ったまま、ロンが動きだすのを待っていた。

「ほら、手伝ってよ」。ロンがぐずぐずしているので、わけがわからずイライラして、ぼくはうながした。

ロンはうつむいてぼくから目をそらすと、「できない」と言った。

「できないって、どういうことさ」とぼくは強い調子で言った。

ロンは「ママに、もうやってあげちゃいけないって言われたんだ」と答えた。

「何がいけないって?」と聞き返しながらも、ぼくにはその答えがわかっていた。

「もう誰も、手伝ってあげちゃいけないって……」とロンは言った。

ロンの言葉は、死刑の宣告のようにぼくの耳のなかで鳴り響いた。

たしかにある意味で、それまでのぼく、ジョニーは死に瀕《ひん》していた。いま、その朝を振り返ってみると、ぼくはずっと、その言葉が出るのを恐れていた。ぼくは直観的に、ロンの反抗は単なる兄弟への意地悪ではないと気づいた。背後で糸を引いているのは母だと感じると、激しい感情が奔流《ほんりゅう》のように押し寄せてきた。ぼくは傷つけられ、裏切られたと感じた。家族からそんなひどい仕打ちを受けるなんて信じられなかった。捨てられ、拒絶された気分だった。

母がキャンプ・オンデソンク行きを許可してくれないのは仕方がなかった。しかし、兄弟たちをぼくに敵対させるなんて、ひどすぎる。

兄弟たちと引き離されてしまったという気がしたのが、おそらく何よりこたえたのだろう。ぼくはひたすら、彼らのなかに入りたかった。物心ついて兄弟がいると感じた最初から、ぼくはそれを求めていた。兄弟たちに着替えやトイレを手伝ってもらわなければならなくても平気だった。みんな気にしているようには見えなかった。ぼくは兄弟の手を借りるのを悪いとは思わなかった。ぼくから見れば、母はぼくと兄弟たちの隔《へだ》たりを大きくしようとし、ぼくが他の家族と違う点を強調しようとしていた。ぼくはすぐに大声で母を呼び、本当に兄弟たちにぼくを手伝うなと言ったのかと聞いた。母は寝室に入ると部屋の隅にあるベッドの端に座った。ぼくは母に食ってかかった。

そのときの母との対決は、いまでも鮮明に憶えている。いま思い返してみると、ぼくの激しい言葉は自分が思っていたよりずっと母を傷つけたのがわかる。しかしぼくは、母が勇気を持って一歩も引かず、ぼくが苦しみのありったけを吐き出すのに耐えてくれたことを終生感謝する。

「大っ嫌いだ！」

「ママなんか、世界で最低の母親だ！」

「どうしてそんなひどいことができるの？」

「ママはぼくが嫌いなんだ！」

「どうして僕にこんなことをするの？」

「ぼくが自分で服を着られないのは、わかってるじゃないか！」

「ママの助けが必要なのはわかってるじゃないか。お兄ちゃんたちの助けも必要だって！」

「ママはひどい母親だ！」

ぼくはわめいた。泣き叫んだ。十歳の子どもが知っているかぎりの、ありとあらゆる悪態を投げつけた。

激しい非難が終わると母は黙って立ち上がり、部屋を出た。そしてぼくは問題をかかえたまま一人残された。着替えを手伝ってくれる腕も手も指もなくては、服を着られるわけがなかった。

それでも、一日じゅう裸で突っ立っているわけにもいかなかった。自分でやってみるしかなかった。

ぼくはズボンに両足を突っ込み、床に仰向けに寝た。それから両足を空中に浮かし、重力の働きを借りることにした。たしかに、ズボンはお尻のほうにずり下がってきた。次に両足を曲げると反動をつけてすばやくて起き上がり、牛のように足を曲げた格好で立った。両膝をガニ股《また》に広げると、ズボンをお尻のあたりで留めることはできた。しかし、次はどうすればいいだろう?

ぼくは寝室を見まわして、お尻を押しつけてズボンをずり上げるときに、ウエスト部分を引っ掛けられるようなものが何かないかと探した。そしてよたよたした足取りで洋服ダンスまで行き、ズボンのベルト通しをタンスのひき出しの頑丈そうな丸いノブに引っ掛けようとした。ぼくはつま先立ちになってお尻をタンスに押しつけた。タンスが動き、上に乗っていた電気スタンドや小物類がぐらぐらとゆれた。ぼくは何度もつま先立ちになってベルト通しをノブに引っ掛けようとしたが、うまくいかなかった。あとほんの少しだけ背が高かったら、ズボンをノブに引っ掛けられるのに……。

そのころには思いどおりにならなくてイライラがつのり、汗がふたたび額から流れ落ちはじめた。塩辛い汗で目がひりひりした。両足をそろえてから片足を上げ、つま先で汗をぬぐえば、ズボンが床に落ちるのはわかっていた。汗が目に入らないよう、ぼくはとっさに目をぎゅっと閉じた。目を閉じて半分だけ服を着たまま立っているうちに、パニックが襲《おそ》ってきた。
パニックはたちまち憤りに変わった。「こんなことできない。うまくいきっこない！」と、心の中で何度も繰り返した。助けて、と叫びたかったが、こんなみっともない格好を兄弟たちに見られるなんて考えただけでもいやだった。とうとう、目のひりひりする痛みに我慢できなくなった。左足を上げて目の汗をぬぐったら、ズボンは足首のまわりに落ちた。はじめからやり直しだった。

ぼくは崩れるように床に倒れた。ふたたび両足を空中に上げると、裸の背中がカーペットでこすれた。ズボンはまた、お尻まで降りてきた。ぼくはもう一度立ち上がった。部屋を見まわして、他にもお尻とズボンを押しつけられるものがないかと探した。クローゼットの上げ下げ式の扉のノブが目に留まった。ぼくはよたよたと部屋の隅に歩いて行き、足で扉を閉めるとそれに寄りかかった。体が扉に強く押しつけられ、ミシミシッという音が聞こえたけれど、そのまま背中を押しつけていった。ノブはちょうどいい高さにあった。ぼくはズボンのベルト通しの部分をゆっくりとずらしてノブに引っ掛けようとした。扉が枠から外れそうではらはらした。しかしズボンをノブに引っ掛けるためには、もっと強く寄りかかる必要があった。

ふたたび汗が流れ、心臓がドキドキしはじめた。背中や腰を汗が流れ落ちたが、なんとかズボンがノブに引っ掛かった。ほっとすると同時に、「やった！」という気持ちだった。今度は腰を下ろしてズボンをお尻の回りにもち上げようとした。ズボンはいくらか動いたが、汗で湿った肌が引っ掛かったため、お尻をさらに越えて腰まできちんと上げることはできなかった。ぼくは用心しながら、もう少し力を込めて腰を下げた。すると突然、ベルト通しがノブから外れ、ズボンが床に落ちた。また失敗だった。

ぼくは疲れきって床にくずおれた。

そのとき、ぼくは体に何もまとわないまま、まったく無防備な状態で放り出されていた。あらゆるものがぼくに対して陰謀をたくらんでいるような気がした。母だけでなく、高すぎるタンスのノブも、体を流れる汗も、クローゼットの脆《もろ》い扉も、尻回りのきついズボンも。ぼくは打ちのめされ、へとへとに疲れ、途方に暮れた。

もう、腹立たしい気持ちも失せ、悪態をつく気力もなかった。それまでは満身に怒りを感じ、あらんかぎりの反抗的な言葉をわめいていたというのに。

ぼくは涙をぼろぼろこぼしながら、ただ床に座ってあえいでいた。口が乾き、鼻水が流れ、部屋の壁がだんだん迫ってくるような気がした。ぼくは感情が渇《かわ》ききったようになり、汗と涙にまみれて胎児のような格好で丸くなっていた。時間が止まったように感じた。これまでのぼくの人生でも、もっとも孤独を感じた瞬間だった。

完全な空っぽには、何か特別なものがある。落ち着かない気持ちにはなるが、それと同時に、完全に空っぽな状態になると、ある意味でぼくたちは解放される。思考がとても明快になり、新しい洞察も生まれる。

裸でたった一人取り残され、精魂《せいこん》尽き果てたとき、ぼくは心の奥深いところで、自分がもう腹を立てるのにうんざりしているのを知った。ずいぶん長い間、ぼくはぼく自身の最悪の敵だった。ぼくはただ、先生や両親とだけ衝突していたのではなかった。ぼくは自分自身に戦いを仕掛《しか》けていた――そして神様に。友達や家族に向けられた怒りは、ぼくをつくった神様に対する怒りの反映にすぎなかった。

怒りに身をまかせた結果、ぼくはどこに向かっただろう？　行き着いた先は、床の上だった。しかも裸で、一人ぼっちで、エネルギーも防御も助力も、すべてはぎ取られた状態で。

完全に打ち負かされたそのとき、ぼくは顔を上げて鏡に映った自分を見た。顔は赤く腫《は》れて涙のあとが筋になり、ぶたれたように見えた。ふと、両肩から小さなこぶのようなものが突き出しているのが目に入った。

その瞬間、ぼくはあれほど望んでやまなかった奇跡は起こることはないと理解した。新しい腕が生《は》えてくることはけっしてないのだと。そして、神様に腹を立てても何の慰めにもならないだけでなく、苦痛をさらに増やすだけだと、やっと理解することができた。

その瞬間、何か力強いもの――ぼくは神様がくださったと信じている――が、ぼくのなかに生まれた。ぼくはもう、自分の問題に一人だけで立ち向かおうとはしなかった。ぼくは強情を張るのではなく、強くなるための、最初の行動を起こした。

強情と強さの間には、はっきりした境界線があった。どちらも強い意志が燃え立たせるが、強情はマイナス志向で強さはプラス志向だ。強情を張るとき、ぼくたちは自分自身を攻撃する。自尊心をずたずたにし、マイナス思考の徹底的な支配を許してしまう。反対に、強くなるとき、ぼくたちは自分に制約を加えようと脅しをかける〈コンディション〉と闘う。自分の気持ちをあるがままに認め、とるべき道を探し、責任を持ち、着実に前進する。

ぼくが人生で学んだもっとも重要なレッスンの一つは、神様の前で沈黙した瞬間に開始された。ぼくは自分自身と争うのをやめ、神様の助けを得て、直面している問題と闘いはじめた。

それから数日間、ぼくは自分から進んで変わろうとした。母はぼくのシャツをウィルク博士のものと同じように作り変えてくれた。ぼくはサスペンダーと足袋《たび》を着用することにした。父はぼくがズボンのベルト通しを引っ掛けてズボンを腰まで引っ張り上げられるような位置に、小さなノブを取りつけてくれた。

ぼくは自立を勝ち取る努力をはじめた。そしてとうとう、キャンプに行くことができた。

タフ・ラヴは他人に示すだけのものではない

〈タフ・ラヴ（不屈の愛）〉についてずいぶん話したり書いたりしてきた。ぼくは〈タフ・ラヴ〉を概念として知っているだけではない。経験を通して、それがどんなものかを知っている。ぼくは受ける側として〈タフ・ラヴ〉を知っているだけではない。〈タフ・ラヴ〉に向かう顔を知っている。ぼくの母の顔だ。

母は、ぼくがしばらくのあいだ強いられる苦痛の先を見通して、身体的に自立できれば得られるはずの自由に気持ちを集中させるようにした。母は、すべての「イエス」の裏には「ノー」があり、すべての「ノー」の裏には「イエス」があることを直観的に知っていた。新しい目標の追求に「イエス」と言うためには、古い目標にある程度は「ノー」と言う必要がある。何かに「ノー」と言えば、別の何かに「イエス」と言う自由が生まれる。「もうジョンを手伝ってはだめ！」と言ったとき、母はぼくの前途に横たわっている多くのチャンスに「イエス」と言った。そのどれもが、しっかりと自立しなければ手に入らないものばかりだった。

あの日、母がやったことには、勇気が必要だった。ぼくが自分の問題の解決に自分で責任を持てるまでに導くには、その努力の過程で問題をさらに悪化させる危険もあったけど、それでもやりとげるには真実の愛が必要だった。

何年かのち、母はぼくに説明してくれた。あのときぼくに〈タフ・ラヴ〉で接しなければ、自分は身勝手な母親でしかないとわかっていたと。

すべての親と同じように、母も息子に愛されたかった。好かれたかった。喜びを分かち合いたかった。ぼくを苦しめたくはなかったし、嫌われたくもなかった。しかし、〈タフ・ラヴ〉をぼくに注ぐには、自分の望みは脇へどけて、ぼくのために最良だと思うことをするしかなかった。時として、最初にしなければならないのは、いちばんやりたくないことだ。母の人生にまた一つ、どうしてもやりたくないけれど、やらなければならないことができたのだ。

いまのぼくは、〈タフ・ラヴ〉は、それを受ける側より与える側にとってははるかにつらいものだということがわかる。時おり、きびしいしつけをする親が「おまえより、私のほうがつらいんだよ」と言うのを聞いたことのある人は多いだろう。子どものころのぼくは、けっしてその言葉を信じなかった。だが大人になって、親が正しかったことがわかった。誰だって、他の誰かから侮蔑《ぶべつ》、嘲笑《ちょうしょう》、憎悪、拒絶、苦痛を受けたくはない。しかし時には、間違いなくそうするのが正しいこともある。それどころか、それが癒《いや》しになり、救いになり、最高の道になることもある。

たしかに、母はぼくに〈タフ・ラヴ〉を注いだ。ぼくが今日《こんにち》手にしている自由と独立独歩はひとえに母のおかげだと思っている。しかし、ぼくは何年もかけて、誰かの不屈の愛情を受け取るだけではじゅうぶんではないことを学んだ。本当の試練――それは誰もが直面する――とは、自分に〈タフ・ラヴ〉を注げるまでに自分を愛することだ。

究極の〈タフ・ラヴ〉は、人生のなかのマイナス志向になりがちな面をプラス志向に変えたり、意義のある目標に遠く及ばないところでグズグズするのをやめるために、自分自身に厳しくしようとするときに生まれる。

この〈タフ・ラヴ〉という概念は、ほとんどの人が人生についていだく望みや夢と、現実の成功や達成とのあいだにある。ほとんどの人は、自分が将来どんなことをしたいかについて、生き生きした、しばしば途方もない夢をいだいているものだ。そういう夢にはスパークプラグのような働きがある。つまり、大きな願望の達成に向かってスタートするためのパワーになる。しかし、〈タフ・ラヴ〉がなければ、「夢」を具体的な「構想」に変え、構想を「計画」に変え、計画を一日一日と達成していく「現実」に変える鍛錬《たんれん》をするエネルギーが出てこない。自分に試練を与えようと決めたときだけ、自分のものを必要としたときだけ、自分自身に強く要求したときだけ、人は前に進む。前に進むことを選びつづけたときだけ、未来に横たわる障害を克服することができる。

〈タフ・ラヴ〉がなければ、価値のあることをやりとげるために必要な習慣を身につけられない。たゆまぬ鍛錬があってこそ、健康な身体、よく訓練された知性、奥行きのある精神生活、長続きする友情、やりがいと見返りのある仕事といったものが得られる。鍛錬をつづければ、危機や困難や停滞にも立ち向かえる。

自分に、「私はこの試練が要求する労力と努力に値する人間だ」と言うのが〈タフ・ラヴ〉だ。

自分に、「立ち上がって進め」と言うのが〈タフ・ラヴ〉だ。

自分に、「この仕事をやりとげるためには睡眠や贅沢《ぜいたく》や娯楽を犠牲にしなければならないが、結局それが自分のためなのだから、これをやろう」と言うのが〈タフ・ラヴ〉だ。

〈タフ・ラヴ〉は権力や支配や操作とは関係ない。最終的にベストを目指すためのものだ。自分を害する習慣、悲観的な考え方、品位を落とすようなレッテルなどの現在のマイナス要素を克服するためには、特別の努力や新しいやり方が必要になる。〈タフ・ラヴ〉は前向きの変化や成長にかかわるものだ。その人の持つ潜在能力を浪費したり眠らせたりしておくより、より大きなものを目指して開発するためのものだ。

〈タフ・ラヴ〉は前向きな未来を目指す

〈タフ・ラヴ〉は最終的には人を仲違《なかたが》いさせない。それどころか、前向きな行動や前向きな考え方ができるようにする。家庭内なら、親は子どもに助けの手を差し伸べるのを差し控えて、本人が、規則を破ったり手に負えない乱暴をしたりといった自分の行為に向き合い、変わろうとするのにまかせる気になるかもしれない。親がこのやり方を取る場合、子どもが良い行いをしたときはご褒美《ほうび》を与え、子どもを前向きな行動や前向きな態度や前向きな目標に向かせてやる必要がある。

子どもをドアから外に押し出し、鍵をかけて締め出したうえにその鍵を投げ捨てるのは、〈タフ・ラヴ〉ではない。ただの虐待《ぎゃくたい》だ。〈タフ・ラヴ〉とは、子どもに「私にはおまえにしてもらいたいことがある。それをやれば、すばらしい成果が得られるだろう。私はおまえを助けるためにここにいるけれど、おまえを変えてはやれない。おまえならきっと自分で変われるし、本当になりたい人間になれる。私はここにいて、おまえが変わるのを手助けしてあげよう」と声をかけることだ。〈タフ・ラヴ〉を注ぐときは、たっぷりの優しい思いやりを添えるのが最高だ。

同じ原則が、自分自身に〈タフ・ラヴ〉を注ぐ場合にもあてはまる。鏡を見て、「おまえは役立たずだ。おまえが変わらなければならないのは、今のおまえが駄目だからだ」と言うのは〈タフ・ラヴ〉ではない。そうではなく、自分の人生全体を愛情を込めて客観的に見て、「神様がつくってくださった本当の自分になろう」と言い聞かせるのが〈タフ・ラヴ〉だ。

自分のための目標を、達成可能で上乗せのできるものにしよう。

自分へのご褒美――上乗せした目標につながるようなご褒美を――を決め、そして実際に目標に達するごとに、自分にご褒美をあげよう。

人としての本物の成長や進歩を遂げる機会としてはじめたことの、変化の過程を見つめよう。

人生における深い喜びや、自分にもっとも大切な分野でのめざましい成果に直接つながるよう、自分自身に要求すべき訓練や特別の努力を見つめよう。

必ずしも誰もが、大金や高級なブランド品を手に入れたり、出世の階段のてっぺんに昇りつめたりしたいと望んでいるわけではない。しかし私が出会った人はみんな、現在の自分より上の何かを望んでいた。その「何か」は、健康かもしれないし、深い友情の絆《きずな》や、もっと喜びにあふれた心の平和や、もっといい結婚や家庭生活や、達成の満足感や、他人のためになるような大きな能力や、社会における高い評価かもしれない。

その「より良い何か」が何であれ、手に入れるためには、よりタフ《厳しい》な愛情で自分を愛さなければならない。

あなたは本当に自分をそれだけ愛していますか？

誰でもみんな、
大きく表現する価値のある、
自分だけの独特のスタイルを持っている。

第5章
自分のスタイルを持っていますか?

ぼくが生後わずか六カ月のころ、両親はぼくをダイニングテーブルの上に座らせて、一人でどうするかを見た。ぼくが自力では動けないので、両親はぼくがテーブルから落ちるのではないかと心配になった。二人は気に留《と》めていなかったが、ぼくの近くに一本のつまようじが落ちていた。

両親は話に熱中していたが、突然母が、ぼくが左足の指でつまようじをつまみ上げたのに気がついた。しかもつまみ上げただけでなく、ぼくは足の指でそれを二、三度回し、それからもっとよく見ようと顔の近くまで持ち上げた。

そのわずかのあいだに、両親は、ぼくにもじつに多くの「普通のこと」をやれる能力があるのを知った――ただし特別の、他人とは違ったやり方で。

多くの点では、ぼくはごく普通の子どもだった。泳ぎを学び、ついには市民プールで飛び込みも楽しむようになった。絵を描くのも好きだった。数学は苦手だったが、成績は平均以上だった。

ぼくの人生のすべてが暗い悲運のなかにあるわけではなかった。「役得」さえあった。他の兄弟たちより新聞に写真が載ることが多かった。町のクリスマスツリーの点灯役に選ばれたり、チャリティーのテレビ番組で募金を呼びかける役に選ばれたりして、話題の人になるのは楽しかった。

ぼくが生まれたとき、兄さんはぼくのためにブタの貯金箱に貯めたお金を出そうとしてくれたけど、実現することはなかった。でもぼくは別の形でお金をもらった。おじたちやおばたちが、ぼくが足の指を器用に使ってコインをブタの貯金箱に入れるところを見たがって、来るたびにポケットの小銭をからっぽにしていったのだ。

そこいらじゅうの小銭が全部ぼくのものになるように見えて、兄弟たちは少しうらやましがった。でも心の底では、おじやおばたちはぼくの〈コンディション〉を少しでも埋め合わせようとしているのだと知っていて、何も言わなかった。少なくとも、ぼくに借金の申し込みをするまでは……。

ぼくはヴァイオリンを弾くこともクラリネットを吹くこともできなかった。しかし、義手を使ってトロンボーンが吹け、しばらくは学校のバンドで吹いていた。

ぼくは手押し式の芝刈り機はうまく操作できなかった。しかし子どものころ、芝刈りトラクターを足で操縦するのはとても上手《じょうず》だった。

ぼくは自転車には乗れなかった。しかし、機械に強い大叔父がぴかぴかに磨き上げてぼくに譲ってくれた古いゴルフカートを運転することはできた。

ぼくはランチのときにトレーを持ってカフェテリアに並んで料理をテーブルに運ぶことはできなかった。しかし、足の指でホットドッグやハンバーガーをつかんだり、飲み物の缶を開けたりはできた。

トランポリンやスケートもできた。家で母がスパゲッティを作るときは、ソースの材料を量《はか》る手伝いをした。歯も自分で磨いた。何でも自分でできたわけではないが、ぼくにだってできることはたくさんあった。

幼稚園以来の友達ニールは、テレビのレポーターにこう言ったことがある。

「ジョンがやることは何でも、最初に見たときは変な感じがするんだ。でも、そのうち慣れてくる。そしてしばらくたつと、ジョンに腕がないことさえ忘れてしまうんだ。それがジョンさ」

「ママ見て、手放し運転だ！」

十六歳のとき、ぼくは多くのティーンエイジャーたちと同じことをした。つまり、地元の運転免許試験所に行って運転免許を取ったのだ。

そう、ぼくは自動車の運転をする。ぼくはパワーステアリングのオートマ車なら、何でも運転することができる。左足でハンドルを操作し、右足でアクセルとブレーキのペダルを踏む。

十代のころ、いちばん得意だったのは、車を走らせながら家族や友達に「ほら見て、ママ、手放し運転だ！」と冗談を言うことだった。開いた車の窓からこの文句を叫ぶには、数年かかった。そのころ乗っていた車は、一九八四年型の茶色のシボレーだった。ぼくはその車を「ヴェット」と呼んでいた。もちろん、コルヴェットではなかった。ただのシボレーだったけど、車種が何だろうと、それはぼくの愛車だった。

友人たちはいつもぼくにショッピングセンターまで車で送ってくれと頼んだ。そこには、ぼくといっしょに行きたいという以外に、もっと現実的な理由があった。ぼくの車には、「障害者免許」というプレートが取りつけてあって、駐車禁止区域でも自由に停められたたからだ！

実は、モチベーショナル・スピーカーという仕事が本当にできるかもしれないと思ったのは、初めてスピード違反で停車を命じられたときだった。近づいてきた警官は、「やあ、きみを一日じゅう待ってたんだ」と言った。ぼくは「だからできるだけ速く走ってきたんだけどな！」と答えた。

それからその警官に、財布から運転免許証を出してくれないかと頼んだ。そのとき初めて、警官はぼくに腕がないことに気づいた。彼はスピードを落とすよう注意すると、そのまま行かせてくれた。

ぼくはいまでも「特別のやり方」を持っている

ぼくはいまでも、他の人たちがあたり前にやっている日課をこなすのに、自分だけの「特別のやり方」を持っている。日常の仕事を他の人たちがどんなふうにやるのか、よくは知らない。ぼくはただ自分のやり方で毎日を暮らすだけだ。

おそらくぼくの朝の日課は、他の人たちと同じようなものだろう。

まず、ベッドメイクをする。これは、単にマットレスの上に立ち、足の指を使ってシーツをまっすぐに伸ばすだけだ。

着替えも自分でやる。少し作り変えた服とクローゼットについている小さなノブだけが、我が家全体のなかで「適応させた」ものだ。

ひげ剃りも自分でやる。床に座って床近くまである低い位置の鏡に向かい、足で電気カミソリを使う。

髪も自分で梳《と》く。左足を頭に上げ、足の指でブラシをつかんで使う。

料理だってする。食器類は低い戸棚に、よく使う材料は冷蔵庫の下の方の棚に入れてある。シンクや調理台やガスコンロなどを使って台所仕事をするときは、高いスツールを使う。高いスツールに座れば、さまざまな台所用品を使うために調理台と同じ高さに座ることができる。おそらくあなたは、食事の準備の前には手を洗うようにと母さんに言われたことだろう。ぼくの場合は、足を洗う。

ぼくはたしかに手首に腕時計をすることができない。しかし、足首に腕時計をつけることはできる。

ぼくはたしかに演壇でマイクを調節することはできない。しかし休憩中にそばのテーブルに置いてあるグラスから水を飲むことはできる。

ぼくはたしかに両腕であなたを抱きしめることはできない。しかし、心で抱きしめることはできる。

自分流の対処法を見つけよう

いったん自分に足りないところにしっかり向き合ったら、変化の必要な物事に自由に手をつけることができる。自分自身と争うのをやめれば、自分の〈コンディション〉との闘いをはじめることができる。自分の問題から逃げるのをやめれば、その克服に努めることができる。

自分なりに対処し、順応し、補う方法を見つけるとき、ぼくたちは本物の学ぶ喜びを体験する。学ぶ喜びには、しばしば笑いや愛情といった楽しみもついてくる。

誰でも、「何かをする」には自分なりのスタイルを見つけなければならない。

ぼくはいま、他人が設計して建てた古い家に住んでいる。しかし、壁の色も内装も、前の持ち主とは違う風に変えている。

これは、ほとんどの人が人生で直面するものとよく似ている。ぼくたちは何かを「与えられて」生まれてくる。肉体もその一つだ。家族、環境、文化もそうだ。

ぼくたちはそれぞれ、自分独自の個性や望みや考えに従い、与えられたものに「壁の塗り替えと内装」を施さなければならない。最終的には、ぼくたちは誰も、自分自身の内部の「デザイン」に責任がある。

シェークスピアの『ハムレット』に、「汝自身に忠実であれ」というぴったりの言葉がある。ぼくにとってこの言葉は、自分の運命や使命だけでなく、自分のスタイル——物事における自分の特別なやり方——にも当てはまる。

義手を使わない決意

ぼくの人生の大きな転機は、もう義手を使わないと決意した日だった。すでに記したように、ぼくはいつも、義手をやっかいで扱いにくいと感じていた。義手はたまにしか使わなかったし、使うときも、自分のためというよりは、他人を安心させるためという場合が多かった。結局、自分のアゴや上半身や歯や足先を使ってもできないことで、義手を使えばできることは何もなかった。しかもたいていの場合、それらを使ったほうが便利で速くて「副作用」が少ないとわかった。

一時は作業療法士について、ものをつかみ上げたりさまざまなものを操作したりした。水をいっぱい入れたかなり大きなプラスチックの水差しなどもあったが、ぼくはそれを持ち上げて持っていることができた。持ち上げられたのを療法士に自慢しようとして向きを変えたとたん、水差しを落としてしまい、水が相手にかかって服をびしょ濡れにしてしまったこともあった。療法士の女性は寛大にも「投げ方の練習は、まだ十分ではないわね」と優しく言ってくれた。

彼女の優しさはうれしかったけれど、事実は変わらなかった。つまりほとんどの場合、義手を使って簡単な操作ができるようになるために、自分の足やつま先や歯やアゴを使うより、ずっと大変な練習を重ねなければならなかったのだ。

多くの場合、義手は見栄《みば》えを良くするためのものだった。義手を着けていると、普通の体をしているようなすばらしい外見になれた。しかし事実として、ぼくは普通の体をしていないし、結局のところ、ぼくも他の人たちもそれを知っていた。

義手を買ってくれたり装着してくれたりした人たちには、とても感謝している。セントルイス・バラエティークラブは、一万ドル以上もする電池で動く義手を二組も買ってくれた。義手はオーダーメイドで、世界じゅうの部品や技術を使ったものだった。胸と肩のまわりに紐《ひも》で留めて取りつけ、アゴでボタンを押して動かす仕組みになっていた。手の指を開いたり閉じたりでき、腕は上げ下げできた。その義手は〝科学技術の驚異〟だった。ただ、ぼくにとっては、長い人生の助《すけ》っ人《と》というより邪魔者《じゃまもの》にしかならなかった。

ぼくは、いったい自分には何が役立つのか発見しなければならなかった。発見は、いまでもつづいている。あなたもそうではないだろうか。

何年もかけ――試行錯誤のほとんどは失敗に終わった――ぼくは学んだ。

腕がないのは能力がないという意味ではない。
腕がないのは他人への思いやりがないという意味ではない。
腕がないのは知性がないという意味ではない。
腕がないのは友達がいないという意味ではない。
腕がないのはチャンスがないという意味ではない。
腕がないのは潜在能力がないという意味ではない。

腕があることは――たとえかなり本物らしく見えるとしても――ぼくの成功にとっては大事な要素ではない。能力、思いやり、知性、友人、チャンス、潜在能力こそが、ぼくの人生を築くうえでの真の礎石《そせき》だった。

あなたにはあなたの、成功に必要不可欠だと思う何かがあるだろう。請け合ってもいいが、あなたも成功を築く土台をたくさん持っている！　自分の外側ではなく、内側を見つめよう。

すべての人が独自のスタイルを持っている

数多くの本が、一つの基本的な真実を謳《うた》っている。すなわち、すべての人に、もって生まれた独自の潜在能力があると。人は誰でも、生まれながらに一揃いの天賦《てんぷ》の資質を持っている。それは天性の才能、潜在的可能性、望み、夢、生まれつきの能力、人格的要素などだ。すべての人が、育てられ教育されて腕をふるえるだけの〝強さ〟をそなえている。

それと同時に、どんな人でも一揃いの欠陥や〈コンディション〉を持って生まれてくる。誰にでも克服し、耐え、抵抗しなければならないものがある。すべての人が、埋め合わせたり調停したりという行動を、つい取ってしまう〝弱さ〟を持っている。

ぼくはさらに、「ジョン・フォッピの教え」としてもう一つつけ加えたい。それは、すべての人が、発見され、表現されるための独自のスタイルを持っているということだ。人は誰でも、評価され開発されるために必要な特別の「何かをする道」を自分の内部に組み込んでいる。

それは次のように、自分の特別な「スタイル」――言葉による自己表現から服装やヘアスタイルにいたるまで——を発見するのと同じことだ。

・自分だけの問題に自分だけの解決を見つけ出すこと。

・充実して刺激的な人生を、気高く品良く創造的に生きる方法を学ぶこと。

・解決できず、一生つき合わなければならない問題に対処する有効な方法を見つけること。

山道を旅する二人の男の、こんな話がある。二人が道を曲がると土砂崩れで道がふさがっていた。左側はけわしい山の斜面、右側は深い谷底につづく切り立った崖《がけ》だった。行く手には、大きな岩や根こそぎ引き抜かれた灌木《かんぼく》が山のようになっていた。

「どうやら引き返すしかないようだ」と一人が言った。

「いや、前に進もう。山を越えるにはこの道しかない」と、もう一人が言った。

「でも、どうやって？」と最初の男は道をふさいだ土砂の山を見ながら言った。

連れの男は答えた。「俺たちには、四つの選択肢がある。注意しながら崩れた岩を乗り越えるか、左側の山腹を登って崩れた部分を越え、また降《くだ》ってその先の道に出るか、手や足を掛ける場所を注意深く探しながら右手の崖を降り、崖に沿って進んで土砂崩れの向こうまで出るか、それとも岩にトンネルを掘るかだ」

最初の男はうなずいて言った。「お祈りしてダイナマイトか翼をさずけてもらうか」

ぼくたちは誰でも、行く手に立ちふさがる障害を吹き飛ばすダイナマイトが欲しいときがたびたびある。しかしダイナマイトの問題点は、コントロールが難しくて、問題を吹き飛ばすだけでなく自分まで吹き飛ばしかねないところだ。ダイナマイト的解決を求めると、往々にして解決どころか問題を大きくすることにもなりかねない。

誰でもときには、人生の道に落ちてくる障害物から飛んで逃げる翼が欲しくなるものだ。しかし翼の問題点は、人間には生《は》やせないし、たとえ生やせたとしてもどう使えばいいのかわからないところだ。後ろ向きな空想ばかりしている人が多くを達成できることはめったにない。

自分の潜在能力を発揮しようとすれば、よじ登るかトンネルを掘るか、あるいは問題を迂回する道を見つけるしかない。それが現実的で賢《かしこ》い選択だ。ぼくたちは自分の強さと弱さの両方に正面から向き合い、それから、弱さを克服するために強さを使う方法を見つけ出さなければならない。その選択はぼくたち一人ひとりの問題だ。万人《ばんにん》に通用する公式は存在しない。

腕がないという事実があっても、ぼくが人間として劣るわけではない。ぼくには〈コンディション〉がある。しかし、〈コンディション〉がぼくのすべてではない。

腕がないからといってぼくの「スタイル」が制限されるわけではない。ぼくには腕がなくても関係のない才能、能力、個性、強さがある。それは審美眼、創造的精神、系統立てて考え、それを表現する能力、チャレンジ精神、目的をめざす勇気、ユーモアのセンス、友達をつくり友情を育《はぐく》む能力、愛する家族、今より向上したいという望みなどだ。

ぼくが立ち向かう試練は、あなたが自分の潜在能力を発揮するために立ち向かう試練と少しもちがわない。自分の持っているさまざまな強さを確認し、自分自身のスタイルを見つけよう。

神様があなたに何を与えてくださったのかを知ろう。つまり自分の才能と本来備わっている能力を確認し、子どものころの夢や望みから卒業して、自分が特別な才能を持っているものに注意を向けよう。

自分が活用できる資源に目を向けよう。それは、家族、友人、指導者、励ましてくれたり信頼してくれる人、先生などの人的資源だったり、教育プログラム、旅の経験、思慮深い年長者との会話という形でやってくる。自分の強さや資源を役立て、弱さを乗り越えたりくぐり抜けたり迂回したりできるような解決法を見つけよう。

最初の一発が肝心だ。あなたの強みを、あなたならではの個性がきわだつスタイルで繰り出そう。

「言い訳」と「説明」には大きな違いがある。
言い訳とは、
「試練から逃れる道」を求めるためのものだ。
説明は、
「解決に向かう道」を求めるためのものだ。
言い訳と説明の違いは、
あなたの動機にかかっている。

第6章
人生という試合でのあなたのポジションは?

友人たちとボウリングをして帰宅した日のことを、ぼくはいまでもはっきりと覚えている。両親に話すと、二人はすぐに、他の子どもたちがボウリングをしているあいだ、ぼくはスコアの記録係をやらされていたと気づいた。両親はぼくに、次に行くときはぜひ自分でもプレイしてみるようにと勧めた。

次にボウリングに行ったあと、ぼくは父と母に、友達が床に置いてくれたボウリングの球を足で押してころがしたと誇らしそうに報告した。ストライクも一度出した! もちろんガーターも多かったが、それは友人たちも同じだった。

ぼくたちがやることの多くは、一つの単純な選択で決まるものだ。つまり、「やるか」、「やらないか」だ。無数の状況、無数のやり方があるなかで、ぼくたちは参加するか横で見ているかの選択を迫られる。

参加しようとする前に、ぼくたちは普通、なぜ自分が参加できないか、参加すべきでないか、参加したくないかという自分が生み出した言い訳を何とかしなければならない。

人はよく、わがままだとか怠け者《なまもの》だとか悪意があるとか他人に思われたくなくて、言い訳をする。好感を持たれたいときにも使える。ぼくは子どものころ、そういう言い訳を使うのがとても上手《じょうず》だった。何かを取れなかったり持てなかったりして苦労していると、誰かがすぐに飛んできて問題を解決してくれるか、もうやらなくてもいいよと言ってくれた。いま思うと、ぼくはしょっちゅう、試練を逃れる言い訳をしたり、楽な道を選んだりしていた。

学校が休みの日の朝に言い訳をつくるのも楽々だった。兄弟たちは父を手伝って外で芝刈りやまき割りなどをした。ぼくは家のなかで本を読んで過ごした。ぼくにだってできる雑用もあったけれど、言い訳して逃げていた。

しばらくすると、自分で言う以上にいろいろできると両親に見やぶられ、ぼくも雑用を割り当てられるようになった。兄たちが芝刈りをして弟たちが草むしりをするあいだ、花に水をやるのがぼくの仕事だった。

言い訳？　それとも説明？

言い訳と説明のあいだには大きな違いがある。言い訳は仕事や責任から逃れる道を求めるためのものだ。説明は解決に向かう道を求めるためのものだ。

言い訳と説明は、おもに動機の段階で見分けられる。あなたは何を求めていますか？〈コンディション〉や試練から逃れたいですか？　それとも解決や目標や成果を目指して走りたいですか？

言い訳を選ぶ人は、その結果、一時的には自分の問題から逃げられるが、すぐに問題が自分を追いかけてくるのに気づく。「逃げても無駄だ！」というわけだ。

恐怖心、憤り、苦々しさ、怒りといったピリピリした感情は、言い訳に隠れてもすっきりとは解消しない。それどころかその種の感情は、言い訳を重ねたり問題から逃げたりすればするほど心の奥深くに巣食《すく》うようになる。しばらくはそういう感情を押し殺していられるかもしれないけれど、結局はどこかで噴出するものだし、そういう感情の噴出はえてして自分にも周囲の人たちにもよくない結果をもたらす。

しかし、解決を見つけるための説明だったら、一生懸命にすれば、解決策は見つかるものだ。「できないんだから、放っておいてくれ」と言うかわりに、「できないけど、まだやめたくないし、できることは他にもある」と言えば、前に進むことができる。

言い訳するときは失敗につながるマイナス面にばかり目を向けてしまう。説明しようとするときは、マイナス面とプラス面のバランスに目を向け、状況をプラスに傾けて成功や成果を導こうとする。

ぼくは仲間に加わったりチームの一員になったりしたいと、ものすごく強く願っていた。いっしょに加えてもらいたくてたまらなかった。自分にできないことがいろいろあるのはわかっていたけど、できることだって、いろいろあった。言い訳をやめて説明を選んだぼくに、参加の機会は大きく開けた。

たとえば、ぼくは手だけを使うようなゲームはできなかったが、走ったり足を使ったりするゲームはできた。だから、サッカーをすることはできた。チーム一の俊足とはいかなかったし、数年しかやらなかったが、たしかにプレイした。あるチームに所属し、得点にも貢献した。

ほとんどすべての団体競技には記録係やタイムキーパーや審判が必要だ。ぼくはホイッスルを吹いたり時間を計ったりスコアをつけたりできた。あらゆるプレイができたわけではなかったけど、仲間に入ることはできた。

じつのところ、ある意味では誰でもそうだ。

ぼくは、音楽が好きだが音痴《おんち》でうまく歌えない人を知っている。だからといって、その人が作曲したり、コンサートに行ったり、コンサートを運営したり、音楽関係の店を経営したりできないだろうか？　そんなことはない。

あるスポーツが特に好きだけれど、自分でプレイするのは下手《へた》で才能にも恵まれていないという人がいる。だからといって、その人たちがアナウンサーとして実況中継したり、新聞に観戦記事を書いたり、スポーツ用品店を経営したり、少年チームをコーチしたりできないだろうか？　そんなことはない。

自分にふさわしい場所を見つけよう。自分にできる役割を見つけよう。

一般的に言って、ぼくたちのとる態度はその時どきに応じて三種類に分かれる。

① 逃避
② 傍観
③ 参加

どの態度にも、言い訳をする機会もあれば、マイナス面だけでなくプラス面にも目を向けた説明を見つける機会もある。どの態度も、マイナス、プラス両方向の視点から取り組める。

「これには加わらない」と逃避する

「逃避」する人はまず、状況を徹底的に調査する。逃避する人は自分の運命に立ち向かおうとせず、人生が自分の横を通り過ぎるのをネガティブに待つだけだ。

いやいやながらネガティブに逃避する人は日常の世界から身を引きがちになり、社会の片隅で生きる無数の孤独な人びとの一人となる。

ぼくは、ネガティブに逃避する人に同情してしまう。そういう人は普通、人生のある時点で大変な苦痛か失望を味わっているからだ。自分の〈コンディション〉に挑戦しようとしたけれども失敗し、そのせいで打ちひしがれているのかもしれない。方向転換したいが行く場所がどこにもないと感じているのかもしれない。絶望していたり、自分が無能だとか無価値だとか感じて苦しんでいるのかもしれない。

逆にポジティブに逃避する人は、単に休みたかったり、息抜きや回復の時間、じっくりものを考えたり教養を深めたりする時間、自己の成長や急を要する厳しい問題（重い病気や家族の問題など）に対処する時間などが必要なだけかもしれない。こういう人は、あらゆるときにあらゆる人に対してあらゆることを行うなどということは不可能だと知っているし、実り多く効果の高い仕事をするときのために休息とリフレッシュの時間が必要なことも知っている。

またときには、その状況にとどまるより離れたほうがいい場合があることも知っている。自分が活躍できる場所はどこかほかにあり、自分に合わない環境にとどまってもポジティブな貢献はできないことがわかっている。そんなふうにポジティブに逃避する人は、悪い冗談や失敗の連続や判断の誤りなどを避けられる能力を持っているのかもしれない。

このぼくだって数年前、逃避をしたことがあるが、ポジティブなやり方をしたと信じている。

ぼくは二年ほどダラスに住んでいた。といっても、ほとんどそこでは暮らさなかった。講演やセミナーの旅行に出てばかりいたし、ダラスでも会社で仕事に精を出したり計画を立てたりするのが忙しくて、教会に行ったり好きな活動をしたりする暇はほとんどなかった。出張ばかりの暮らしでは、友情を育む時間もほとんどなかった。

数カ月のあいだに、なぜここを出て故郷に帰らないのかと、頻繁に自分に問いかけるようになった。

たしかに、郷里の町に帰ると不都合な点もあった。ぼくは自分に問いかけた。「一人暮らしができないのは、まずいことだろうか?」「故郷のイリノイは、人との新しい出会いや仕事上の新しい人間関係を築くのにいい場所なのか?」「ぼくの成長の場になるだろうか、それとも停滞の場になるだろうか?」と。

イリノイ州ブリーズはぼくが育った小さな町で、ぼくは隅から隅まで知っている。なにしろ、町じゅうの人がぼくの名前を知っているのだ。誰にも顔を知られていて、当然ぼくも相手を知っていると思われているのは、良い面もあれば悪い面もある。

とはいっても、ブリーズには愛する家族やいい友達がいた。この町でなら何をどうするかよくわかっていたし、町のハンバーガーショップに電話して配達の注文をするにしても、「ジョン・フォッピだけど、いつものをお願い」と言えばいいだけなんて、最高だ。仕事で旅行に出かけるにも、車で一時間以内に大きな空港があり、買い物や食事や遊びも、一時間半以内で何でも間に合った。

しかし、問題も残っていた。ぼくは大都市での暮らしにつきものの疎外感という目下の現実から逃げたいのだろうか? それとも、より充実した生活——アパートのかわりに自分の家で暮らし、地域社会の一員として活動して自分が重要だと本当に感じられるような生活——を選ぶために、孤独という現在の〈コンディション〉から逃避しようとしているのだろうか?

最終的にぼくは、ブリーズに帰ることによって実際に失うものは何もないと判断した。ぼくは転居し、結局それが正しかった。それまでの雇い主とは現在も仕事上での良好な関係——社員ではなく独立した契約関係になった——を保っているし、ダラスで親しくなった人たちとのつながりもそのままだ。

ぼくはダラスから逃げ出したのだろうか? たしかにそうだ。では、ぼくの転居はポジティブな逃避だっただろうか? ぼくはそうだったと信じている。

逃避を選ぶときは、自分にこう問いかけてみよう。「私は人生そのものから逃避しようとしているのだろうか? それとも、望ましい未来をつかむために現状から逃れようとしているのだろうか?」

傍観者は遠巻きにして見ている

「傍観」する人は、他の人たちが人生のゲームを行っていても、観客席で見ている。傍観者は次の点で逃避する人とは違っている。逃避する人は試合場に姿を見せないか、やれば勝てそうな試合があっても無視する。いっぽう、傍観者は、試合があることは知っている。

勝利も夢見ている。だが、けっして参加しようとはしない。

ポジティブな傍観者には、誰でもときにはなるべきだ。すべての人がすべての試合に参加したり勝利したりできるものではない。観客席で応援してくれる人だって必要だ。娘のピアノの発表会で拍手喝采《かっさい》する父親、バスケットボールの試合で娘に声援を送る母親、息子のテニスの試合はすべて見に来て黙ってうなずいている父親、子どもの体面を保ってやるために学校での催しにケーキを作って持たせてやる母親……こういう親たちはかけがえのないポジティブな傍観者だ。

ポジティブな傍観者は、自分は脇にどいて別の人にスポットライトが当たるようにする。他人が立ち上がって話せるよう、自分は座ったままでいる。ポジティブな傍観者とは、アマチュアにチャンスを与えるプロフェッショナルであり、生徒に出番を与える教師であり、新人に出場機会をゆずるベテラン選手だ。ポジティブな傍観者の特徴は、寛大で公平な心で他人に対する点だ。

これに対して、ネガティブな傍観者は、いつも恐怖心に支配されている。それは失敗の恐怖かも、拒絶の恐怖かも、人目を引くことの恐怖かもしれない。ネガティブな傍観者は試合に加わってプレイしたいと思い、参加するだけでなく勝利することが大切ですばらしいと信じている。それなのに実際は、観客席で観戦するほうを選ぶ。ネガティブな傍観者はいとも簡単に挫折《ざせつ》したり憤慨《ふんがい》したりしてしまうし、逃避することも多い。彼らはしばらくは試合に加わるが、成果がすぐに出なかったり痛烈な打撃を受けたりすると、試合放棄して二度と戻ってこない。

ぼくは自分の経験から、両方のタイプの傍観者になることがどんな意味を持つのかを知っている。休憩して他人の応援をすることが何を意味するのかを知っている。失望を恐れるあまり、試合に出ようとしないことの意味も知っている。

ぼくは親友のニールと幼稚園で出会った。それからずっとつづいている友情を通して、ニールはつねに、観客席から降りて試合に参加するようにとぼくを励ましてくれた。

小学校時代のある日、男の子たちが野球をすることになったので、ぼくはすぐに観戦しようとグラウンドの隅に行った。ぼくがバットを持てないので、ニールは他の少年たちを説得して、ぼくの代わりに誰かがバットを振って、その子が打ったらぼくが走塁するという形で参加させてくれた。チーム分けでも、ニールはチームの仲間を説得して、ぼくを自分のチームに入れてくれた。クラスでいちばん野球の上手なブライアンもぼくのチームに入ってくれた。

ブライアンはすばらしいバッターだった。外野手の頭上を越える長打を打つことができたが、そんなことのできる小学生はほとんどいなかった。ブライアンの打球は学校の校舎まで飛ぶこともあった。ぼくの打順にはブライアンが代わりに打つよう、ニールが決めてくれた。ブライアンはしばしばレフト線に痛烈な当たりを飛ばし、ぼくはものすごい勢いでベースを駆け抜けた。たまにブライアンとぼくが得点すると、相手チームはショックと反感を隠せなかった。

それでもチームが守備につくときは、ぼくは傍観者になる以外になかった。チームメイトがグローブを手にして守備に散っていくなか、ぼくはベンチに戻った。ぼくが座っているのを見たニールがやって来て、「何してるんだ?」と言った。

「何もしないで突っ立っていたって意味ないだろ」とぼくは言った。

「ジョン、君も他のみんなと同じように守備につかなきゃ。さあ、行こう!」とニールは答えた。

どうやって守ればいいのかわからなかったけれど、ぼくはニールが示した守備位置に走って行った。回が進むにつれて、ボールがぼくのところに飛んできても、それを止めてから近くの野手に蹴《け》り、その選手が内野の正しい相手に投げればいいことを発見した。小学生レベルではあまり多くのヒットは出なかったし、ましてや外野まで飛んでくる打球はほとんどなかったので、外野手が捕球しなければならないようなフライはあまりなかった。

ニールは絶対にぼくを傍観者にはさせなかった。ぼくはそれをけっして忘れない。

最初に野球をした日、ぼくはもう一つ、大切なことを学んだ。それは、実際に参加しなければ試合の仕方がわからないときもあるということだ。

仕事や人間関係で生じる試練をすべて完全に予期して封じるのは不可能だ。ぼくたちが学ぶもののほとんどは、実際に行うことによって、そしてしばしば危機の真っただなかや、やむを得ずやったときなどに学ぶことが多い。「じゅうぶんな」教育や「正しい」機会を得るまでフィールドに出るのを待とうなどと考えていたら、一生、観客席から出られない。

ふつう、ネガティブな傍観者は、危険だったり困難だったりきつすぎるのは、試合そのものではないという事実に直面しなければならない。大きなリスクがあるのは、試合のフィールドに足を踏み入れること自体なのだ。内面の恐怖心こそが、仕事のどんな側面よりはるかに大きな、最初で最大の障害なのだ。

ぼくは講演するのが怖くてたまらなかったことはない。そうはいっても、初めての聴衆の前やとても尊敬する人が会場にいると、演壇に出る前には神経質になってそわそわする。演壇はぼくのフィールドなので、「試合」の前には必ず、舞台の袖《そで》にいる傍観者からマイクの前に立つ講演者に、自分を切り替えなければならない。

あなたの「試合」が何なのかは知らないが、これだけはわかる。試合に加わるには勇気がいる。

それに、勝利を得るまで試合をしつづけるには忍耐が必要なことも。

七年前のことだ。そのころのぼくは、新しい人に会い、新しい考えを知り、新しい試練に挑戦したいという強い欲求を感じていた。そこで大学に入り直して勉強し、ソーシャルワークの修士号を取った。学部時代の専攻はコミュニケーション学だったので、今度の課程は、まったく新しい学問分野だった。そしてとても興味深い分野になっていった。実際、ぼくは勉強すればするほど、どんどん夢中になっていった。

ぼくは一九九九年に修了したが、課程のなかにカウンセラーの研修があった。その経験を通して、ぼくは自分が話し手としても聞き手としても優れているのを発見した。

また、新しくカウンセリングを受ける人に会い、純粋に手助けしてあげたいと思う相手と長期的な関係を築くには、ある程度の勇気とかかわり合いが必要なことも発見した。演壇に立つ勇気とはまた別の勇気だけれど、勇気が必要なことにはちがいなかった。

修士号取得の勉強中は、大学院の授業や研修の予定に合わせるために、講演の日程を調整する必要があった。ぼくは単位取得のためにポジティブな傍観者となり、勉強のために講演旅行の時間をけずることにした。

試合から外れるのも、ときにはいい気分転換になるという強い信念を持って、ぼくは現場から離れた。試合に出ない傍観者の立場に立つと、しばしば人生に関する新しい視野が開けたり、新しい優先順位が見えてきたりする。

もし、自分が傍観者になっていることに気づいたら、正しい質問はこれだ。「私は人生のフィールドに入るのが怖くて観客席に座っているのだろうか？　それとも次の試合にじゅうぶんな状態で参加するために観客席にいるのだろうか？」

参加者は勝つためにプレイする

「参加」を選ぶ人は人生の試合を活動的にプレイする。しかも単にプレイするだけでなく、勝つためにプレイする。

友人のニールはすでに紹介したが、彼は徹底して参加する人で、あらゆる積極的な参加者同様、他人にも積極的に参加するようはっぱをかける。実際、ニールはそれを要求するのだ。

ニールは奥さんといっしょに毎年スキーに出かける。ぼくもよく誘われたが、いろいろな理由があって断っていた。しかしある年、ぼくはニールに、そのうちスキーをやってみたいなと言った。さて、そのあとは一直線だった。ニールは「ノー」という答えを受けつけなかった。

ニールは特に、新しい「スキーシュー」というのを試《ため》すようにと熱心に勧《すす》めた。普通のスキーよりずっと短くてずっと扱いやすく、ポールも必要ない。興奮とためらいが半々の気持ちでぼくは承諾した。

参加する人というのはたいてい、新しい挑戦をするにあたっては、この二つの感情を持っているのではないだろうか。ぼくは間違いなく失敗する可能性に、いや、怪我をする可能性にすら直面した。足を折っても普通の人にはまだ二本の腕がある。手の代わりに足をつかうぼくが足を折るのとは、まったく違う。

しかし、ためらう気持ちと同時に、挑戦や、親友と楽しく過ごす時間や、コロラドロッキーの美しい風景に浸る機会や、過密スケジュールから逃れられる休暇などに、ワクワクしてもいた。

ぼくは転んだかって？　数え切れないほど。

転ぶのは好きだったかって？　冗談じゃない。

怖い瞬間はあったか？　もちろん！　斜面が垂直に切り立った崖に思えたときが何度もあった。

ニールは、ぼくが初心者向けのスロープを滑るだけでは満足しなかった。インストラクターがぼくを甘やかしているのだと考えた。そこで彼はぼくの指導を買って出て、木々の間を縫って降りる上級者用のコースを滑ろうと主張した。ぼくは急傾斜の部分は歩いて降りたかったが、ニールは滑って降りろと言った。

ばつの悪い思いをしたかって？　もちろん。ニールはぼくが転ぶたびに「立ち上がれ！　恥をさらしてるぞ！」と言ったものだ。

スキーが思い通りの方向に進み、高い木々のあいだにこれまで通ったこともない、すばらしい道が出現し、自分がまっさらの雪の上をゆっくりと完璧に進んで行くあの瞬間は、すばらしかった。

また参加したいかって？　それはもう！

ネガティブな参加者などというものはありうるのだろうか？　もちろんある。たとえば、ギャングなどがそうだ。つまり、完全に参加してはいるが、間違ったものに参加しているか、間違った理由で参加している人だ。犯罪目的のグループにどっぷり漬かっているドラッグの売人、仲間うちだけでつき合い、周囲から孤立して「役立たず」という目を向けられる偏屈者、似たような立場の女性たちを巧みに集めて派閥を作ろうとやっきになっている女の人、会合や催しや仕事を引っかきまわす人たちも、ネガティブな参加者だ。

ネガティブな参加には数え切れないほどの徴候《ちょうこう》がある。間違ったものを追い求めることにひたすら熱中する人は、みんなその徴候を持っている。

参加者になって危険なことのひとつは、参加過剰になることだ。「ストレスで参る」とか「燃え尽きる」という言葉が簡単に頭に浮かぶ。

時期によっても、さかんに参加すべきときもあれば、参加を減らしてクリエイティブなエネルギーを補給するほうがいいときもある。

自分が参加者になっていると感じたら、問いかけるべき大事な質問はこれだ。「自分は有害なものに参加しているのだろうか、有益なものに参加しているのだろうか？　自分は誰かの成長を、物質面、財政面、感情面、知性面、精神面で助けているだろうか？」

あらゆる時期と状況において正しい態度とは

ぼくたちは誰でも人生のさまざまな段階で、「逃避」「傍観」「参加」、これら三つの態度のどれかを選ぶときがあるが、そんなときはどの態度であっても避けるべきではない。どの場合も、時と場所にそれなりの根拠があるのだ。充実した人生を送るためには、これら三つの態度のあいだでバランスを取ることが大切だ。

誰でもそうだと思うが、ぼくはある状況でどの態度をとるべきか迷って、たびたび苦悩《くのう》する。大人になったいまでも、週末に両親を訪ねるたびに、そこでの暮らしは子どものころとほとんど変わっていないのに気づく。兄たちは少し動きが重くなっているが、いまでも戸外でクレー射撃をしたり、四駆を走らせたり、子どもたちとフットボールをしたりするのが大好きだ。ぼくもそばで見物することがある。そんなときは、ぼくは見ることを楽しんでいる。ぼくが参加する多くのイベントでは、彼らが傍観者なのを知っているから。

ぼくにとって重要なのは、置かれた状況にかかわらず、自分がどの態度をとるべきかを時間をかけてじっくり考えることだ。ぼくは自分に次のように問いかけることにしている。あなたも、さまざまな状況に出合ったときにやってみてください。

・これは自分が本当にとりたい態度だろうか？　この選択は客観的な状況判断に基づいたものだろうか、それとも恐怖や嫉妬や報復などの感情によるものだろうか？
・これは関わりのあるすべての人――自分自身、家族、友人、仕事仲間――のために自分がとるべき態度だろうか？　最良の決断は常に、大切な人すべてに満足のいく決断だ。
・これは自分の人生を、当面の短い期間だけでなく長期にわたって前進させるような態度だろうか？　間違いなく自分や身近の人のためになるようなやり方があるだろうか？
・これは自分に健全な試練をもたらしてくれる態度だろうか？　自分の時間、エネルギー、技能をついやす価値があるだろうか？

「単純」と「容易」はまったく別のものだ。
フットボールの試合を例にとってみよう。
すべてのチームがやらなければならないのは、
ボールをフィールドの一方の端から他方の端に運び、
相手チームがボールを奪うのを阻止することだ。
単純なことだ。しかし容易ではない。
同じことが人生にも当てはまる。
私たちがしなければならないことの多くは単純で、
単純なために私たちはそれを見くびっている。
しかし実は、単純なことこそがもっとも難しい。

第7章
客観的に自分を見つめていますか?

失業や病気や夫婦の危機などの〈コンディション〉が突然起こったとき、ぼくたちは判断力が低下し、ひいては道を見失うことにもなりかねない。恐れや怒りなどの感情が無理やり乱入し、ぼくたちの選択眼を失わせ、軽はずみな結論を出させる。そういうとき、ぼくたちは自分自身の最大の敵になる。

自分に対して「私では駄目だ」「タイミングが良くない」「あの人たちはわかってない」と言うことがあるかもしれない。このような言葉を口にするときは、問題に蓋《ふた》をしようとしたり、笑ってごまかしたり、誰かや何かのせいにしたりしようとしているのだと認識しよう。精神分析学者はこの逃げるタイプの反応を「逃避」と呼ぶ。

あるいは、かんかんに怒ってでたらめに反応し、問題を全力で攻撃することもあるかもしれない。自分を追いつめてさらに長時間、無理な努力をする。残念ながら、そのような無理やりの努力をしても、まるで同じところをぐるぐる回って走っているか、壁に頭を打ちつけているように感じるだけだ。気をつけなければ、さらに深く問題に入り込んでしまう。ときには、頑張れば頑張るほど挫折感《ざせつかん》が深くなったりもする。精神分析学者はこの強硬なタイプの反応を「闘争」と呼ぶ。

しかし、道を見つけられるもっと良い選択がある。自分の置かれた状況に客観性の光を当てるのだ。

ぼくたちはあまりにも頻繁に限界や挫折の泥沼にはまり込み、状況をありのままに見ることができなくなる。でも、一歩下がって客観性をもって見ると、〈コンディション〉はもっとはっきりと見えてくる。それでぼくたちは自由になれる。それは自分自身をごく普通の正直な目で見る自由であり、他人の忠告に耳をかたむける自由であり、前には見過ごしていた選択肢を認識する自由だ。客観性の光はあなたの人生の全体像を明らかにしてくれる。

人生全体について客観的になろう

絵を勉強していまでも好きで描いているせいか、ぼくは絵の背景が全体の印象に非常に大きな影響を与えていることに気づいた。額縁の大きさや色や重量感が、作品の色彩や細部を際立たせたり、場合によってはかすませてしまうこともある。金色の額縁は絵画の色彩や光のトーンを強調するが、黒い額縁には線や影に注意を引きつける効果がある。背景はどんな状況下でもつねに、ぼくたちが絵として見るものに影響している。

その原理は人生においてもあてはまる。人や場所――家族、友人、職場環境、家庭、地域――はすべて、自分が何者でどのように生きるかに影響している。

都会に住む友人たちはブリーズのぼくの家に来ると、この小さな町の住人たちがしばしば家のドアに鍵をかけず、買い物中に車のキーを車内に置きっ放しにしているのを見て驚いている。ぼくたちブリーズの住民は、多くの人たちが持てない安全という感覚を持っている。おそらくお互いによく知っているからで、その結果、見知らぬ人間が町に来てもわかるのだ。それがぼくの人生の背景の一部だ。

自分の感情に目を向けよう

自分の人生は客観的な目で見る必要がある。特に感情と、その表現の仕方について。自分の感情を分析するなんてできるだろうか？　もちろんできる。誰にとっても、時どきは「いま、自分はどんな気持ちでいるだろうか？　ずっとこんな気持ちでいたんだろうか？　この感情は私の人生に深く根を下ろした反応パターンだろうか？」と考える習慣を持つのは大切なことだ。

あなたの現在の気持ちはどうだろう。

- 怒っていますか？
- 寂しいですか？
- 欲求不満ですか？
- 参っていますか？
- 退屈していますか？
- 精神的に疲れていますか？
- 拒絶されていますか？
- 満足していますか？
- 熱中していますか？
- 決然としていますか？
- 希望を持っていますか？

感情に客観的に対処する第一段階は、ある特定の感情や、いくつか混じり合った感情の性質をできるだけ正確に特定することだ。感情は連鎖《れんさ》して発生する傾向がある。そして感情の連鎖はきまったパターンをたどる傾向がある。精神的な疲労と欲求不満はいっしょに出ることが多い。参ってしまったり拒絶されたりした感情は、怒りの感情と結びつくことが多い。

単独の感情はわりと簡単に見分けられる。だが、いくつもの感情がいっしょくたになって大きくなったり、感情が勝手に特徴的なパターンをたどるような場合は、誰か信頼できる人の助けが必要だ。客観性は自分の感情を締め出すことから生じるのではなく、自分の感情に気づくことから生じる。変えるのはそのあとだ。まず最初に感じ、それから感じたものに対処しなければならない。

自分が感じるままにまかせよう。感情的な反応を締め出したり、止めたりするのはやめよう。人間は感情を持って生きているのだし、感情を表に表すのは大切なことだ。

自分が何を感じているのかをはっきりさせ、そのパターンを観察しよう。

その次に、あなた自身の「理想や発展させたい希望」に照らして調整を加えよう。そうそう、多くの人がここで重要な問題にぶつかる。つまり、自分の理想が何なのかわからないのだ。発展させたい希望——一生をかけるような大きな理想でなくても——さえ持っていない。

もしあなたに感情的な葛藤や苦痛があったら、自分では価値のある大切なものだと思っているものを厳しい目でじっと見つめることを、心からお勧めする。あなたがもっとも大切にしている性質や資質は、いったい何ですか？　あなたが尊敬や賞賛の念をいだき、見習いたいと思う行動はどんなものですか？　自分の人生や将来に対して持っている希望は何ですか？　これからどうなりたいですか、どんな人間になりたいですか？

自分の行動を見つめよう

感情にはすべてそれ相応の根拠がある。とはいえ、感情が引き起こした行動がすべて良いとはかぎらない。

ぼくは若いころ、自分の感情をいつもチェックしてさえいれば、どうにかして感情を緊張から切り離し、安全でいられるのではないかとよく考えたものだ。大人になってからは、チェックする必要があるのは感情自体ではなく、感情の出し方なのだとわかった。ぼくの行動は、和らげ、調節し、変え、修正する必要がある。自分の感情に対するぼく自身の反応もあれば、ぼくの感情が引き起こした他人の行動に対するぼく自身の反応もある。それらをぼくの価値観に照らして客観的に分析する必要がある。

どう行動するかを選ぶにあたって、さらにもう一服、客観性という薬を服用するといい。ここで、感情のままに動揺《どうよう》したり、ピリピリと緊張した反応をすることのない、客観的な行動をするための六通りの具体的な提言をしよう。

① 自分に時間と距離を与えよう

ある状況に対する感情の反応と行動の反応の間に、少しの「時間」と「距離」を置こう。たとえば、職場で上司に理不尽な態度をとられたり正当な扱いをされなかったりして、仕事を辞めたいと思ったとする。退職などという早まった結論に飛びつく前に、まず気持ちをしずめよう。問題や決断や機会について一晩寝て考えてみよう。ぐっすり眠るとすっきりするものだ。

大切な決断は二、三日かけてじっくり考えよう。決断が必要だという声が最初に聞こえたときの気持ちはどうだったか、一時間後、数日後にはどう変わったかを思い返してみよう。その時点で自分がとったかもしれないさまざまな行動を思い浮かべてみよう。しばらく時間を置いて、他にとりうる道を心と頭のなかでしっかり形にしよう。

② 自分の信念を確かめよう

自分の「信念」の核心をなす考えは、そのとき直面している状況やそれに対して自分がとるべきだと思っている反応とどうかかわっているか、自分に問いかけてみよう。

最近、高校時代の友人マットと彼の妻のエリカに教えられたことがある。この若いカップルは、結婚に対する自分たちの信念を守り、押し寄せてくるさまざまな苦境の真っただなかで懸命に結婚生活を守り抜いている。

数年前、エリカは悪性リンパ腫《しゅ》のホジキン病だと診断された。二度の手術と六カ月の化学療法のあいだ、マットはつきっきりで看病した。幸いなことにエリカのガンは軽快した。しかし数カ月前、また悲劇が起こった。マットが交通事故で首の骨を折り、首から下が麻《ま》痺《ひ》してしまったのだ。

今度はエリカが夫につきっきりで毎日の理学療法に付き添うことになった。「良い時も悪い時も病気の時も健康な時も」という結婚の誓約の言葉をご存じだろう。

「もうすぐ結婚して七年になるけど、結婚式の誓いの言葉を全部実践してるわ」とエリカは言う。お互いの愛情と、信念という道しるべを頼りに、マットとエリカは一歩ずつ進んで行く――二人で！

あなたの感情は、あなたがとろうとしている行動と呼応していますか？　あなたの行動は、あなたが本当に重要で価値があり正しいと信じているものと矛盾していませんか？

③ 事実をはっきりさせよう

自分の知っている「事実」に注意を向けよう。ヤマを張ったり、ゲームでもするような態度をとるのはやめよう。裁判の陪審員《ばいしんいん》をつとめたことがある人なら、アメリカの陪審員制度は事件の事実に基づいて正義を行うためのものだということをご存じだろう。陪審員になるとすぐに、自分が風評、うわさ、マスコミの報道、先入観、まったくの状況証拠などに評決を左右されてはいけないと知る。

誰が、何を、いつ、どこで、どうやって、それから動機につながる自白など、判明している要因だけを考慮すること。人びとが実際に何を言い、何を書いたかは見るが、そのなかから動機を読み取ったりはしないように。

④ 自分の思い込みに疑問を投げかけよう

自分の「思い込み」に疑問を呈すると、人生を一面からだけ見ることがなくなり、現実と錯覚《さっかく》の区別がつけられるようになる。

友達の一人が最近、パリのルーブル美術館に行った。自分の好きな絵――有名な「ホイッスラーの母」――があるのを見つけた彼は、興奮していっしょに行った友人を振り向くと、言った。「ほら、『ホイッスラーの母』の複製があるよ！」。友人は笑って言い返した。「これが本物の『ホイッスラーの母』さ！」

ぼくの友達はジェームズ・ホイッスラーがアメリカ生まれだと知っていたので、自分の見た絵が複製品だと思い込んでしまったのだ。てっきりそうだと思い込んでしまったために、彼は目の前にある絵の明らかな美しさを見落としてしまった。

自分の思い込みに疑問を呈するためには、見かけは、それが現実であれ想像上であれ、当てにならないということを知っておこう。意識的に自分の欠点を再認識して、別の見方ができるようにしよう。他の人ならどうするか、考えられる理由をいろいろと検討しよう。

⑤ 他人の意見をよく聞こう

あなたが尊敬していて、あなたに正直に接してくれる人を二、三人、探し出そう。そして彼らの「意見」を聞こう。求める意見の数は制限したほうがいいだろう。たくさんの意見を聞きすぎても混乱するだけだ。他人の知恵を拝借しよう。同じ価値観を持っている人や、目下直面している問題を経験したことがある人ならいっそう望ましい。

ぼくは仕事上の重要な決定についてあれこれ考えたり、スピーチをまとめようと悪戦苦闘したりするたびに、師匠のジグ・ジグラーの洞察力《どうさつりょく》を頼りにする。自分の能力を最大限に引き出すために、指導者《メンター》や力になってくれる人を探し求めよう。ただし、やる気をくじくような人ではいけない。

純粋な客観性さえあれば、いつでもさまざまな選択肢が思い浮かぶ。いったんそれらの選択肢に気づき、明確な形をとらせれば、「目標」を設定することができる。目標を設定すれば、「計画」を立てることができる。計画を立てれば、さらに目標を定め、的確かつ効果的に、成果を見越して「実行」することができる。そうなれば「成功」は目の前だ。

・人生をめぐる背景全体を無視してはいけない。
・感情から逃げ隠れしてはいけない。
・自分の行動に対する責任を回避してはいけない。

この三点すべてに取り組もう。
自分の人生全体を客観的な目で見れば、道はきっと見つかる。

あなたが自分の人生に
どれだけ高い基準を設けるかで、
目標を達成するための
時間と努力の量が決まる。
その基準の設定は、
あなた自身にしかできない。

第8章
どれだけの大きさの人生を求めるつもりですか？

三歳のとき、フック状の義手を着けるようになって間もないころだった。ぼくはセントルイスのブッシュ・スタジアムでのチャリティー野球試合で、始球式のボールを投げる役に選ばれた。ぼくは試合前に、ロッカールームで選手たちに会った。カージナルスの人気選手ルー・ブロックに、ボールをどれくらい投げられるかと聞かれ、ぼくは胸を張って「スタジアムの外まで！」と答えた。

それは、これまでほとんど一貫しているぼくの人生に対する取り組み方だった。ぼくはすべてをやることはできないかもしれないが、そんなの、誰だって同じだ。いや、それを言うなら、本当にすべてのことをやろうと望んでいる人などいるだろうか？

ぼくは自分がやろうと思ったことには、すべてに対して能力のかぎりをかたむけて努力する。

自分自身に望むものが最高のものだ

ぼくはアメリカ国内や海外を旅行して、実に多くの人が、他人にかけられた期待に添おうと努力しているのに出会った。自分を信じてくれたり、自分の可能性を信じてくれたりする人たちがいるのはすばらしいことだけど、他人に夢をかけられるのは大変な重荷でもある。多くの場合、こういう人たちは、かつては自分が持っていた夢を、きっとあなたが実現してくれると当てにしている。

実のところ、自分のことは自分がいちばんよくわかる。

他人があなたの強さや能力だと認めたものに対して、単に反抗のためだけに反抗しても得るところはない。単に父親や母親や教師が正しいと考えたことをやりたくないというだけの理由で、自分に向いていないかもしれない道を進むのはばかげている。あなたの才能や能力について、誰かが強い意見を持っているなら、自分を別の目で見てみよう。彼らが正しいのかどうかをだ。

実際のところ、あなたはそういう才能や能力を持っているのだろうか？　そういう資質や特徴や強さを持っているのだろうか？　もし持っているのなら、その能力を開発するのにぴったりの道を見つけよう。

ジョン・レノンの未亡人オノ・ヨーコの両親は、娘の芸術的才能を強く信じていたといわれるが、興味深いエピソードを残している。両親は彼女が芸術的才能を伸ばせるよう励まし、勉強や旅行や芸術家としての修業をさせてやった。

両親はヨーコがクラシックな芸術家になることを望んでいた。二人は娘が伝統的な写実派のすばらしい芸術家になると思っていた。

オノ・ヨーコの芸術は伝統的でも写実的でもなく、もちろんクラシックでもない。彼女はまったく違った道を歩むことになった。しかし、ヨーコは芸術家になった。両親の彼女を見る目は確かだった。才能の表現の仕方が彼女独特だったのだ。

さてそこで、あなたはどうだろう。

あなたの生まれながらの能力やすばらしい資質や、あるいはこの世で天に与えられた使命まで、的確につかんでいる人がいるかもしれない。しかしその人も、あなたの能力の個性的な表現方法や独特の人間性、あるいは使命実現のために天が導いてくれる方法まで、完全に予測することはできない。実現するのはあなた自身の仕事だ。だからこそ、最終的には、あなたがどうしたいかが大事なのだ。

自分の潜在能力を見極めるのを他人まかせにしてはならないのと同じように、その潜在能力に到達するためのやる気も、他人に与えてもらおうなどと考えてはならない。他人は励ましてくれるかもしれない。励ましてくれる人や、成功に拍手を送ってくれる人がいるのはすばらしいことだ。あなたが成功すると信じてくれる人や応援してくれる人がいるのはありがたいことだ。しかし、他人の励ましや拍手や応援を当てにしてはいけない。

最終的には自分の夢を追求するための内なる動機の素《もと》を見つけるのはあなたの務めだ。あなたは自分の可能性を自力で見つけ出し、次にその期待を実現するために頑張らなければならない。自分自身を導こう。

認められるためのお膳立ては自分がする

ぼくが講演をするようになった最初のころ、ほとんどの講演のテーマは、自尊心とポジティブなセルフイメージの確立に関するもので、話す対象も若い人たちだった。そのころは、きっと歳をとるにつれて、こういうテーマでの講演は減ってくるだろうと思っていた。しかしその考えは間違っていた。今日、多くの人が、十五年前にぼくが講演をはじめたころと同じくらい、自尊心の不足に苦しんでいるように見える。

ジャック・キャンフィールドはセルフ・エスティーム社のCEOだが、おそらく『こころのチキンスープ』の著者としてのほうがよく知られているだろう。キャンフィールドはかつて、「自尊心」を「自分が価値ある人間だという感覚を持って、進んで人生に臨もうとする気持ち」と定義した。ぼくはこの定義が好きだ。そしてこの定義のおかげで、ぼくは健全な自尊心を持っている。できるかぎりしっかりと人生に臨もうとしているし、自分が価値ある人間だということに疑いを持ってもいない。

ある身障者団体から手紙が来た。ぼくに講演を依頼したいから宣伝資料を送って欲しいという。資料を送るとすぐに返事が来たけれど、そこにはこうあった。「資料をお送りくださってありがとうございます。残念ながらあなたのご講演は私どもの趣旨には合致しません。あなたは人生に立ちふさがる障害をご自身の努力で克服してこられました。しかしながら、当グループのメンバーたちは自力で活動することができず、他人の助けを必要としています。会合の主眼も、ほとんどが身障者の窮状《きゅうじょう》に対する世間一般の認識を高め、より多くの支援を得ることです」

ぼくは、その団体の求める「障害者」像にはふさわしくなかった。さらに重要なことに、障害者は自立しようとするより、他人の助けを必要とし、期待するべきだというその団体の考えに、ぼくは合わなかった。

実は、ぼくも自分がその団体にふさわしいとは思わなかった。自分だけの身体的な〈コンディション〉をかかえて、ぼくよりもっと助けを必要としている人はたくさんいるだろう。それと同時に、かなりの割合の〈コンディション〉のある人たちが、自力でできることまですべてあきらめて、代わりに他人の助けを期待する道を選んでいるのも事実だ。

ぼくは憐れみをかけられるのはいやだ。憐れみは、自分への期待や自分の価値を引き下げてしまう。

ぼくは敬意や品位や価値に対する感覚を他人に押しつけられたくない。こういう面では責任は自分が持つ。自尊心や自負心の持ち方や、人間としての品位の保ち方などは、ぼくが決める問題だ。

もし誰かがぼくの〈コンディション〉に不快感を持ったなら、ぼくは自分で責任を持って、ほかに、喜んでぼくを助け、いっしょにいてくれる人を見つける。また、そういう人間関係を育てる。

ぼくは自分の教育と修練に自分で責任を持つ。何年たっても、ぼくが学士号——ちなみに優等だった——と修士号を取得したことに驚きを隠さない人が数多くいることが、ぼくには驚きだ。ぼくは自分の能力以下のものに甘んじるつもりはなかった。ぼくは一生勉強しつづけようと固く決心している。自分が追い求める分野の頂点にいたいのなら、勉強をつづけるのは当然、ぼくの責任だ。

ぼくは自分の収入に関しても責任を持っている。起業家としての成功を目指して懸命に頑張っている。政府に面倒をみてもらうという考えは好みに合わない。

ぼくは早くから知っていた。他人が助けてくれるときは、何かしらの見返りを要求している。かならずや、一種のお返しが必要になる。それよりぼくは、経済的に自立していたいし、人間としても自立していたい。

ぼくは自分の感情に対しても自分で責任を持っている。もちろん、ときには懐疑的になることもある。デートするところを空想して、果たしてすてきな女の子が見つかるだろうかと考えると、あるいは歳をとったら体が固くなるんじゃないかと考えると、懐疑的な気分に包まれる。確かに、ストレスを感じることもある。スーパーで食料品をうまく袋に入れられないときや清涼飲料水の自動販売機をうまく扱えないとき、それにコンピュータの画面を指してアシスタントに指示するときなど、イライラすることがある。

もっとも、ストレスやイライラはときとしてぼくの感情の安定を脅かすけど、そういう気分になるのはぼくだけにかぎったことじゃない。感情面の健康に対するこのような敵は、ぼくに腕がないこととは何の関係もない。前向きな態度で目覚めようと決意するかどうかはぼく次第だし、その日、どんな状況で何が起ころうと、その態度を維持するかどうかもぼくの問題だ。

自分が向上したい高さに基準を設ける

自分の夢を、本当に追い求めようとする意志を持つのもぼく次第だ。

何かを達成するためには、目標に焦点《フォーカス》を合わせ、修練を積み、実践《じっせん》する必要がある。目標達成に邁進《まいしん》するためにどの程度の修練を積み、実践するつもりかは、あなたが自分一人で決める問題だ。

ぼくは一人の人間として、自分がなれるものは何にでもなりたいと深く決意している。とはいっても、完璧に実現できると信じているわけではない。現代社会は完璧を求める傾向が強すぎるような気がする。しかし、それはけっして達成できない理想だし、この世界では大きなストレスの原因にもなりがちだ。確かにぼくは完璧な肉体について社会一般と同じ考えを持っていないし、持つこともないだろう。自分にできる最高の体になろうと努力することは完璧を求めることではない。高いレベルを達成しようとするのと完璧を求めて悪戦苦闘するのとは、まったく別のことだ。

手の届かないものを求めてやっきになるのは苦しいものだ。手の届く範囲内――手を伸ばさなければならないが、それでも届く範囲――で、自分の人生に高い基準を設ける必要がある。

結局、人生にどれだけ高い基準を設けるかで、目標を達成するために注ごうとする時間と努力がどれだけの量になるのかが決まる。その基準の設定を他人にまかせてはいけない。自分が定めた優劣の基準に従って行動しよう。

倫理上の問題はどうでもいいのかって？ とんでもない。ぼくはあなたが自分の行動に倫理的にも高い基準を設け、人格的成長を第一の目標にするよう望んでいる。その目標を自分自身で設定しようとすれば、あなたはその目標を達成したいと心から望んでいるし、実はずっとそう思っていたことに気づくだろう。もし他人に善良になれと言われたら、おそらく反抗したり、善良になりきれない自分を叱りつけたりするだろう。しかし、頑張って自分の人格を改善しようと決意したのなら、あなたには豊かな人生を極められるかもしれない。

ひとたび自分の基準を定めてしまったら、それより低いレベルで妥協するのはやめよう。

高校時代の友人に、異性に好かれる唯一の方法は相手の言いなりにつき合うことだと思っている女の子がいた。彼女は自分に関心を示す男なら誰にでもついていった。ぼくたちがニキビ軟膏《なんこう》を使い切るより早く、彼女はボーイフレンドを取り替えていった。

そのうち、彼女は妊娠したと思い込んだ。ぼくは相談を受け、できるかぎりの助言をした。それと同時に、専門家のコンサルティングと良い医者の診察を受けさせた。幸いなことに、彼女は妊娠してはいなかった。しかしそのとき彼女は、子どもができればボーイフレンドをつなぎ止められて生きる目的もできるから、本当は妊娠したかったとぼくに打ち明けた。

そのころ、ぼくは人生のすべてに答えを持っていたわけではないし、いまでも持っていない。だけどその当時でも、誰かが彼女に倫理的に間違ったことをさせたり、自分の欲望のために彼女の人間性を汚《けが》したりするのは、何かが間違っているということだけはわかっていた。

そのころのぼくは、数え切れないほどの多くの人びとが、口汚い言葉でののしられた彼女と同じような行動をとっているのを知らなかった。そういう人たちは倫理的に最低の行為をしても、最後にはうまくおさまったと見えるように正当化する。他人を操《あやつ》って自分の思い通りにさせたり、自分の必要を満たしたりする。それは小さな嘘や、小さな不正や、危機のでっち上げや、問題の誇張に過ぎないかもしれない。そのとき彼らは同情や支持や是認《ぜにん》の言葉や、ときには褒美《ほうび》まで期待する。

しかし、間違った生き方をしては良い結果は得られない。

もっと違う生き方をしよう！

説明責任を果たす最高の場所

説明責任を果たす最高の場所は鏡のなかだ。あなたは自尊心や敬意や人格上の長所などに基準を設けるのと同じく、その基準の達成に努力することにも責任がある。すべての成功と失敗に関して、自分自身に答えなければならない。

ぼくはこんな詩を自宅のバスルームの鏡に張っている。

「ガラスの中の男」

あくせく稼いだカネで欲しいものをすべて手に入れ
おまえが一日だけの王になったら
鏡の前に行き自分をよく見ろ、
目の前のそいつの言葉に向き合うんだ。

親父でもおふくろでも女房でもない
おまえが審判を受けなきゃならないのは

おまえの人生にいちばん大事な審判を下すのは
ガラスの向こうから見つめ返している男だ。

喜ばせてやるのはその男だ、ほかのヤツじゃない
いちばん最後までおまえといっしょにいるんだから
おまえはもっとも危険で難しい試練に受かったことになる
もし、ガラスの中の男がおまえの友達ならば。

おまえはジャック・ホーナーのように、うまい汁が吸えるかもしれない
そして自分をたいした男だと思うだろう
けれどガラスの中の男は、おまえをろくでなしだと言う
もしおまえがそいつの目を真っ直ぐ見られなければ。

おまえはこの先ずっと世界をだませるかもしれない
道を歩けばみんなが背中をたたくだろう
だが最後には傷心と涙が待っている

もしおまえがガラスの中の男を欺《あざむ》いていたのなら。

——デイル・ウィンブロウ作

そこであなたに質問しますが……

・あなたは自分に大きな何かを期待していますか？
・人間としての品格について高い基準を設定していますか？
・自分自身に、深い尊敬の念をいだいていますか？
・人生で到達したい品格の基準を決めましたか？

これらの質問に対するあなたの答えが、どれだけ大きな人生を生きられるかを大きく左右するだろう。

他人の人生がどんなものか、
本当に知ることは誰にもできない。
ぼくたちに課せられているのは、
いかに自分の人生をしっかり生きるか
を考えることだ！

第9章
最近自分を笑ったことがありますか?

ぼくと友人のニールが大学を卒業して間もないころ、カリフォルニア州パームスプリングスで行われる労働組合の集会での講演依頼が来た。ニールとぼくは就職前のちょっとした旅行にちょうどいいと考えた。明るい光の満ちあふれる気候の温暖な早春のパームスプリングスは、〈コンディション〉として最高だった。二十一歳の若者にとって、プールサイドでくつろいだり青々としたゴルフコースでゴルフを楽しんだりして二、三日を過ごすのが楽しくないわけがなかった。もちろんぼくにとっては、ゴルフをするというのはカートに乗るという意味だったけど。

現地に行くまで、ぼくはパームスプリングスについては、砂漠地帯のすばらしい行楽地だという以外、ほとんど何も知らなかった。その都市がサンバーナディーノ山脈の山すそに位置することも知らなかったし、その時期は毎日雨が降るのが普通だということも知らなかった。午後遅くなると霧のような雲がいつも空を覆《おお》い、雨を降らせ、そしてまた去っていった。

休暇二日目の午後、雨が降り始めたとき、ニールとぼくは肌を焼くというよりほとんど火傷《やけど》状態になって、プールサイドでくつろいでいた。ぼくたちはすぐに荷物を持ってホテルの部屋に駆け込んだ。そのときニールが、「ちょっと出かけようよ。ドライブに行きたくないか?」と言った。

いい考えだ、とぼくはすぐに飛びついた。

部屋に戻ると、濡れた水泳パンツを脱いで乾いたジョギングウェアとテニスシューズに着替えた。ニールは水泳パンツのままタンクトップを着て、サンダルを履いた。

ぼくたちは行き先も決めないでドライブに出かけた。特に計画もなかったので、しばらく目的もなく走っているうちに、郊外に出た。ニールがサンジャシント山に登るロープウェイの看板を見つけた。ニールが上ってみたいかと聞くので、ぼくは「うん、乗ってみよう」と言った。

ハイウェイからそれて山の麓《ふもと》につづく道に入ると、まもなく駅舎に着いた。駅には誰もいないように見え、ロープウェイが運行されているかどうかもわからなかった。しかし、ちょうどぼくたちがロビーに入ると、ゴンドラが低い雲を抜けて下りてきて駅に停まった。

ぼくたち以外、お客は誰もいなかった。ニールは興奮気味に「乗ろう！」と言った。ぼくたちは乗車券を買ってゴンドラに乗り、席に座って待った。待っているあいだ、話に夢中になって周囲の様子にはまるで気づかなかった。時間にも、誰が乗ってきたかにもまるで注意を払わなかった。

そのうちふと、低い声でくすくす笑う子どもたちの声に気づいた。しかしぼくたちは気に留めずに話しつづけた。やがて子どもの一人が大きな笑い声をもらしたので、ニールも気がついた。ニールは肩越しに振り返った。「バカな子どもだ」と思ったようだった。そしてまたぼくのほうに向き直ると会話のつづきに戻ったが、突然また振り返って、まじまじと子どもたちを見た。彼の顔に不審そうな表情が浮かんだ。「どうかしたの？」とぼくはたずねた。ニールが返事をしないので、ぼくもあたりを見まわした。くすくす笑っていた子どもたちが二人、席に座っていた。分厚い冬服を着て、一人はそりを持っていた。

ぼくはニールの水泳パンツを見た。ニールはぼくを見て、それから子どもたちを見た。連れの大人たちも防寒着を着てスカーフをしたり帽子をかぶったりしていた。ニールはうろたえて、「こいつはどれだけ高く上るんだ？　上は寒いのか？」と言いながら、身を乗り出して窓の外を見た。

ちょうどニールがそう言ったとき、一人の男が乗って来て言った。「何を考えてるんだ？　上にビーチがあるってのか？」

　ニールはそのとき、傍《はた》からバカみたいに見えただけでなく、自分でもなんてバカなんだと思った。しかし、この苦境を脱しようと行動を起こすには遅すぎた。ぼくたちが間違いに気づいたと同時にドアが閉まり、外からロックされた。ゴンドラは乗り場を離れて上っていった。乗客の誰の目にも、雪をかぶった山頂に観光に行くにしては薄着すぎるニールの格好は、ひどく滑稽《こっけい》に映った。

　雲がかかっていて山頂が見えなかったため、ぼくたちは頂上がどれほど高いのかわからなかったのだ。ぼくたちはずっと、「どれだけ高く上がるんだ？」と言いつづけだった。ほどなく、その山は海抜二五九六メートルだとわかった。そのロープウェイがアメリカでいちばんの急勾配を上り、世界でも二番目だと知ったのも、そのすぐあとだった。

　そのときは、ぼくも笑う以外どうしようもなかった。その場にいた全員が、ぼくの親友は頭の空っぽなブロンドのサーファーだと思っただろう。それは間違いだ。しかし、間違うのも無理はなかった。

　ゴンドラがゆっくりと上っていくにつれて、空気がどんどん冷たくなっていった。五本ある鉄の支柱の二本目に来たころには吐く息が白くなった。寒かったけど、少なくともぼくはジョギングウェアを着て靴を履いていたので、水泳パンツにタンクトップ、サンダル履きのニールよりはましな格好をしていた。

他の乗客たちはなるべく控えようとはしていたが、笑いを隠すことはできなかった。大気はどんどん冷たくなり、ニールの状況はどんどん滑稽になっていった。彼はぶるぶる震《ふる》えはじめた。ニールは平静を装《よそお》って、こんな寒さなんか何でもないというふうだったけれども、日ごろの彼にも似ず、だんだんと無口になっていったところをみると、そうではないようだった。

半分ぐらい上ったところで、雲の切れ間からあたりの地形が見えた。ゴンドラの底をこするかと思うほど高い松の木々が切り立った崖から生えていた。地面にはうっすらとまばらに雪が見えた。高く上っていくにつれ、まばらな雪は一面の雪景色に変わった。十五分後にとうとう頂上に着き、ドアがぱっと開いた。一陣の風がなだれ込んできた。ニールは青ざめていた。もちろん、ぼくたちはロープウェイを降りるしかなかった。

そりを持った子どもたちは大喜びで駆けだした。ぼくたちはためらっていたが、仕方なく外へ飛び出した。ニールはあたりを跳ねまわった。一秒以上じっとしていられなかった。ぼくたちは山頂の駅舎の裏側に走っていった。思った通り、山の反対側には小さなスキー場があった。何人もの人がニールを見てひそひそとささやき合っていた。日本人旅行者の一団はおおっぴらにくすくす笑っていたが、一人がカメラを取り出してニールを写した。

その時点でニールはキレてしまった。彼は寒いのと場違いな格好できまりが悪いのとでかんしゃくを起こし、立ち止まると雪の玉を作って崖から投げた。それからぼくたちは急いで駅舎に戻り、次の下りのロープウェイを待った。下りに乗ったのはぼくたちだけだった。

雲の中を下っていくにつれ、気温が上がっていった。ニールの震えもしだいにおさまっていった。まもなく着くというとき、わが親友がぼくを振り返って言った言葉は、いままでも忘れられない。「なあ、ジョン。あそこでは誰もおまえに腕がないことに気がつかなかったな！　この俺こそが変てこなヤツだった。おまえの人生がどんなに大変か、これでやっとわかったよ」

この言葉をぼくは、ビンに詰めていつまでも残しておきたい。ぼくはニールの言葉に深く感動した。彼がそんな優しい思いやりの気持ちを口にするには、相当の勇気が必要だったのがわかっていたからだ。

それ以上に大切な真実は、他人の人生がどんなものなのかを本当に知ることは誰にもできないということだ。その人の苦しさ、痛み、葛藤、そして〈コンディション〉の正確な量や性質やつらさはわからない。

子どものころ、兄弟たちは時どき、ぼくの真似をして足の指を使おうとした。彼らがぼくのようにうまく足の指で鉛筆やクレヨンをつかめなかったり、フォークやスプーンを使ったり卵を割ったりできないという事実に、ぼくは大きな満足感をおぼえたものだ。本気で誰かの人生を生きてみようと思うのでなければ、その人が自分だけの〈コンディション〉を克服するために必要としているものを、すべてじゅうぶんに理解することはできない。

しかし、誰でも必ず一生のうちには、苦痛や困惑《こんわく》を感じるときがある。

すべての人に、いつかそのうち何らかの理由で、拒絶や疎外《そがい》や偏見《へんけん》を受けていると感じるときがあるだろう。

すべての人に、いつかそのうち自分の人生が違うものになっていればいいのにと思うときがあるだろう。

不器用で厄介で場違いな瞬間は、誰にでもめぐってくるものだ。

四つの答え、どれを選ぶか？

次の四つのうち、あなたができるのはどれですか？

第一。あなたは他人が痛みや悲しみや孤独を味わっているかもしれないという事実に、もっと気を配り、敏感に感じ取ることができる。

第二。あなたは苦闘している人びとに進んで同情を示すことができる。それには勇気がいるが、正しいことだ。

第三。あなたは他人に先がけて自分の思いやりを表わし、その人といっしょに笑い合うことができる。

第四。あなたは自分を肴《さかな》にしたユーモアのセンスを伸ばすことができる。悪戦苦闘のさなかでも笑いを身につけることができる（ちなみに、おそらくぼくは全米でいちばん、腕のない人に関するジョークの幅広いレパートリーの持ち主だ）。

笑いは混乱と緊張を和らげる

ある年、ぼくは学校の体育館で友人たちとクリスマスの劇を練習していた。劇の開始の合図で照明が消され、全員が闇《やみ》に包まれると、一人が言った。「ジョン、おまえの手をなくすなよ」。友人たちはみんな大笑いしたが、おそらくいちばん笑ったのはぼくだろう。

子どものころ、友達になかにはぼくのシャツの袖を机に結びつけたり、袖でぼくに猿ぐつわをしたりする子がいた。ぼくはそれが友達らしい悪戯《いたずら》だとわかっていたので、気にしなかった。

最近では、地元の高校で上級生が一年生にやらせた借り物ゲームの話がある。その十番目の指示は、「ジョン・フォッピの指紋を採ってこい」というものだったそうだ。この話を教えてくれた近所の人は、息子が借り物ゲームの首謀者《しゆぼうしや》の一人だというので恐縮していたが、ぼくは大笑いした。

老人ホームにいるある女性は、手術で片足を切断したばかりだったが、ホスピスとして訪問したぼくに、「あなたも腕を切断したの?」と聞いた。彼女は真剣で悲しそうだったが、ぼくは笑ってしまった。

ハロウィンに小さな子どもたちが玄関先に来ると、ぼくはいつもドアを開けて、足先をキャンディの容器に突っ込み、取り出して子どもたちが差し出す袋に入れてやる。一人の母親が話してくれたが、息子はわが家の玄関先から引き返すと大声でこう叫んだそうだ。「ママ、このおじさんの仮装を見てよ!」。ぼくの反応? もちろん、大笑いしたとも。

初めて陸運局に行って運転免許証の制限事項を確認したとき、ぼくはラジオとカセットプレーヤーつきの車を運転する許可だけは欲しいと、まじめくさった顔でカウンターの女性に言った。あのときの相手の顔を思い出すと、いまでも笑いがこみ上げてくる。

ぬかるんだ川の土手から滑り落ちて、引っ張り上げてくれと友達を呼んだときも、ぼくは笑った。まあ、笑ったのは助けてもらったあとだったけど。

人生に関する簡単で明白な事実。あなたが笑えば、他の人たちにも笑う自由が与えられる。そして彼らも、あなたといっしょに〈コンディション〉を笑えれば、もうあなたの〈コンディション〉を憐れんだりあなたを見下したりすることはなくなる。

笑いは困惑をやわらげる最高の方法だ。

笑いは友達を作る最高の方法だ。

笑いは厄介な状況や手に負えない状況を切り抜ける最高の方法だ。笑いはストレスを軽くし、大きな目で人生を見させてくれる。

自分自身を笑うと、さまざまなレベルでいい作用がある。ぜひ、やってみよう！

私たちは休みなく「答え」を探して、
ドアからドアへ、本から本へ、
学校から学校へとあくせくするが、
「質問」そのものに
注意深く耳を傾けようとしていない。
これはとっても難しい仕事だ。
なぜなら、私たちのこの世界では
人間は心の奥底にある自分の本質から引き離され、
質問に耳をかたむけるより、
答えを探すようにとせかされるから。

——ヘンリ・ナウウェン著『差し伸べられる手』より

第10章
正しい質問をしていますか?

ぼくが生まれてすぐ、ぼくの両親はこんな疑問にぶつかった。それは、「なぜジョンはこんな体に生まれたのだろう?」という疑問だった。二人はすぐに、医者たちがこの疑問に対する医学的な答えを持っていないのを知った。明らかだったのは、いくら答えを得られても問題を解決する役には立たないということだった。問題に、もっともらしい原因を与えるだけのことだった。

いつまでも残り、しかも重大だったのは、怒りや憐れみや罪悪感や恐れなどの感情のせいで膨《ふく》れ上がっていった、次のような疑問だった。

・なぜ神様はこんなに多くの問題をかかえた赤ん坊をくださったのか?
・私たちはどうして、こんなに問題をかかえているのだろうか?

・この子は大人になったらどんな人生を歩むのだろうか？
・この子は同年代の子どもたちに受け入れられるだろうか？　嘲笑や拒絶の的になりはしないだろうか？

これらは、すべての親が子どもたちに関して、必ずどこかで持つ疑問だろう。だが、障害のある子どもを育てるという難題に取り組んだぼくの両親には、はるかに大きな重みを持ってのしかかっていた。

何年ものあいだ、ぼくは自分の疑問に取り組んできた。ぼく自身が自分に問いかける質問と、他人がぼくにたずねる質問の両方だ。人びとはしょっちゅう、ぼくにたずねる。

「ジョン、神様は何か理由があって、君を腕がないようにおつくりになったと思うかい？」

ぼくの答えはいつも二つの部分に分かれる。

「(a)神様はぼくに、ある使命を実行させるために腕を持たないようにおつくりになった。

(b)神様はぼくに強い意志を与え、腕のない境遇でうまく暮らすのを助けてくれる愛情深い人びとのなかに置かれた。

どちらの答えにしても、神様の意思はぼくの人生の最初から働いていますし、それを知っているだけでぼくにはじゅうぶんです」

ぼくは神様の考えを推測するのは好きではない。神様のなさることを完璧に理解できる人間などいるはずがない。ぼくたちには、人生に起こる多くの出来事の原因を理解することなどできはしない。それは一つには、すべての出来事の真の背景となっている「永遠」がどれほど大きいかを突き止めるのは不可能だからだ。

それに、誰かがぼくの人生における神様の意図は何か、などとたずねたとしても、その人が「もし神様が情け深い方なら、なぜ私たちを苦しめるのか」という古くからの質問の答えを本当に探し求めているのかどうかは疑わしい。

ぼくはずいぶん昔に、「ホワイ？（なぜ？）」と問うのはむなしいことだと知った。恨みをいだき怒りに満ちた子どもだったぼくは、しばしば神様に「なぜぼくに腕をくれなかったの？」という質問をし、答えを求めた。答えは得られなかった。もちろん、ぼくの身体的な〈コンディション〉は何も変わらなかった。

じつに多くの「ホワイ？」という質問が最後に生み出したものは、疑いだった。そして疑いは、人間が経験する精神的感情的ハンディキャップのなかでも最悪のものだ。疑いは、多くの可能性のなかに曖昧《あいまい》さを生む。疑いは、つらい時期につかまっていられるものを何も与えてくれない。疑いは、将来を見通せるものを何も与えてくれない。

結局、ぼくが学んだのは、「ホワット？（何？）」という質問のほうがはるかに重要で、はるかに目的にかなうということだった。

・ぼくは何を抑制しているだろうか？
・ぼくは何を変えられるだろうか？
・ぼくは今日、何をする必要があるか？
・ぼくには選択肢として何があるか？
・ぼくには可能性として何があるか？
・ぼくの資質には何があるか？

ひとたびこれらの質問や、他の「ホワット？」という質問をはじめると、さまざまな可能性が見えてきてぼくの状況は急に変わりはじめた。他の人たちにも、「ホワイ？」という質問に時間とエネルギーをついやすより、「ホワット？」という質問に向け直すようお勧めする。

ぼくは何をやりすごすべきか？

最近、ぼくはお世辞にも快適とは言いがたい旅行をした。大きな嵐が通過したために飛行機の到着が遅れ、飛行機は上空で旋回して着陸を待った。空港は乗降客で混雑していた。その半数は到着が遅れたために早く空港から出ようと急ぎ、あとの半数は所在なさそうにあたりをうろついたり、搭乗を待って落ち着かない感じで歩きまわったりしていた。急いでいる人は、普通に歩いている人にぶつかりまくっていた。

かなり苦労して荷物を持って何とか空港の建物から外に出ると、ホテル行きのシャトルバス乗り場に行った。ぼくが着いたとき、一人の男がすでにバス乗り場に立っていた。せっかちの見本のような男だった。

薄い霧がかかっていて大気は湿っぽいだけでなく冷え冷えとしていたので、ぼくにも彼のいらだちはいくぶん理解できた。それでもまだ、その場所はひさしの下だったたし、実際、他にどうしようもなかった。空港のロビーは明らかに混雑していて、ぎゅうぎゅう詰めと言ってもいい状態だった。この男は、シャトルバスを待つあいだ、どんどんいらだちと怒りをつのらせていった。男は長いこと待つ不満を口に出して、声の聞こえる範囲の誰彼にしきりに話しかけていたが、文句を言える相手が一人もいない場所に出てからは、携帯電話をかけはじめた。

とうとう、シャトルバスが来た。そのときわかったのだが、彼が待っていたのはぼくと同じシャトルバスだった。

男はバスに乗り、荷物を網棚《あみだな》に投げ上げた。ぼくは運転手に頼んでバッグをバスに乗せてもらった。このとき男は、やっと本当の意味でぼくを見て、ぼくに両腕がないことに初めて気づいた。彼は自分の見たものに茫然《ぼうぜん》としたようだった。そしてどさっとシートに座ると大きくため息をついたが、ちょっとしてからこう言った。「あんたが山に登ってるとすると、俺は小石につまずいてるようなもんだな」

おそらく彼はかなり大げさに言ったのだろう。多くの人が小石——いらだちや怒りなどの感情的な苦痛を引き起こす、ほんの小さな障害物——につまずいていると思う。くだらない意見、ほんの少しの遅延、交通渋滞、なくなったボタン、ちょっとした判断ミス、まったく知らない人からのいくらか喧嘩腰の言葉、タイミングの見込み違いなどは、どれもそうだ。ぼくたちはまさに、まわりに存在する厖大《ぼうだい》な数の人生をやりすごし、自分を迂回《うかい》させて正しく流れさせる必要がある。一定の何かが頭や心にとどまるのを拒否する必要があるのだ。

とはいっても、拒絶ばかりしている人や、何度も聞かされるいやな言葉に堪忍袋《かんにんぶくろ》の緒《お》が切れる前に、ひたすら大急ぎで飲み込んでしまう人がいいと言っているわけではない。まったく違う！　むしろぼくは、目に余るようなひどい仕打ちを受けているのでなければ、少々の迷惑はやりすごすことも必要だと言っているのだ。

ぼくは、毎朝二、三分、これからはじめる一日について静かに考える時間を持つと効果的だという発見をした。ぼくはいつも、二階の寝室の隣にある小部屋に座り、キャンドルをともして、インスピレーションの湧くような本を読んだり、祈ったり、単に「座る」だけだったりして時を過ごす。その日に計画されているイベントのことを考えたりしながら心をしずめる。魔法の呪文などはない。その代わり、この静かな時間はその日に引き出せる強さと冷静さを心の中に溜《た》めてくれる。

すぐに腹を立てたりイライラしたりする傾向のある人は、たいてい朝起きると全速力で一日をスタートさせる。自分が何者で、この先どう生きていきたいか、何を達成したいかなどと、じっくり考えるために立ち止まったりはしないものだ。そういう人は短い瞬間に反応するだけで、深い内面的な意味での目標と決意をもって人生に応《こた》えようとはしない。誰かがぼくの一日を台無しにしかかっても、それを放っておいたら、ぼくもそのありがたくない贈り物を受け取る選択をしたことになる。

不愉快なことというのは、どうしても起こるものだ。起こってしまうのだ。それが厳しい現実というものだ。

毎日、多くの問題が起こる。飛行機の遅れからタイヤのパンクまで、荒っぽいウェイトレスからまずいコーヒーまで、雨に濡《ぬ》れた朝刊から信号の変わり目に強引に渡ろうとするドライバーまで。もしぼくが「本日の問題」が「ジョンの問題」になるのを放っておいたら、つまりその日の問題がぼくの個人的な問題になるままにしておいたら、ぼくは自分のものでもない問題を引き受けたことになってしまう。それよりむしろ、そんな問題は自由に世の中に泳がせておいて、それらを冷静に観察する側にまわりたい。積極的にかかわって、感情的に自分の内部に取り込みたくはない。

では、取り込むのを拒否することによって、ぼくは問題を避けられるだろうか？　とても無理だ。ぼくは拒絶した状態で暮らしていけるか？　それも違う。

ぼくは人生の奇異な点や破壊的な瞬間からも学びたい。大きな教訓は、それ自体が特性を持っている。ぼくたちが忍耐、寛容、慈悲、自制心、喜び、心の平穏、謙虚さ、信念などについてもっとも重要な教訓を学ぶのは、人生のさまざまな特異性からだ。

人生で遭遇《そうぐう》する特異な状況のおかげで、ぼくは人生に対する自分の感情や応答の仕方を探究する時間が持てる。ぼくはどうやって、ある状況に対応するのか？　なぜそんなふうに対応するのか？　状況に適切に対処しているだろうか？　やり過ぎてはいないか、足りなくはないか？　そんな問いかけを次々にするのは、本当に自分自身について学べるのは、人生の特異性からだからだ。

ぼくは何の問題もなく毎日を過ごしたいかって？　もちろんそうだ。

絶え間ない欲求不満のなかで暮らしたいかって？　冗談じゃない！

ぼくにはすべての問題を解決することはできないかもしれない。だけど、問題に支配される必要もない。どう対応するかの選択権はぼくにある。

不変のものもあれば変わるものもある。長くつづくものもある。貴重な教訓になるものもあれば、単に存在するだけのものもある。心をいらだたせるものに対応する方法を学ぶのも、ぼくたちみんなに課せられた試練だ。

やりすごしたり許したりするために何が必要か？

苦々しさや痛みや怒りのような昔ながらの感情、疎外感などは、精神を重苦しくする。

ぼくたちは自分を傷つけた者を寛大に許すときにだけ、自由に前に進むことができる。

許すというのは、ある状況や行動に痛みを受けなかったという意味ではない。

許すというのは、状況が重大ではなかったという意味ではない。

許すというのは、誰かが自分の行動に責任をとるべきではないという意味ではないし、場合によってはその行動に対する当然の裁きを受けなくてもよいという意味でもない。

許すというのは、その相手、その記憶、その出来事、その行動を解き放ち、自分の人生で前進する道を選ぶという意味だ。ぼくは苦痛を解き放ち、前進する。

許すというのは、忘れるのと同じではない。

ぼくは、子どものころ、両手がないからという理由でジェットコースターに乗せてもらえなかったことを忘れない。しかしぼくは乗せてくれなかった係員を許した（その後、ジェットコースターに乗っているあいだはほとんどの人が手を上げていると、兄のジョーとぼくが指摘した。係員は反論しようがなくて、ぼくは結局乗れるようになった）。

ぼくはかつて、ある先生にハンドライティングの授業でDをつけられたことを忘れない。しかし、ぼくはその先生を許した（結局、ぼくは足で書いて高得点を獲得した！）。

ぼくたちは自分がこうむった苦悩の痛みやつらさを本当の意味では忘れることはない。しかし、故意にせよ無意識にせよ、自分を傷つけた人を許す寛容さは持っている。他人を許すとき、ぼくたちは自分を自由にしている。

ミケランジェロには、大理石の塊《かたまり》のなかに入った人物像が見えたという伝説がある。大理石の塊を彫って心の中にある像以外の邪魔な部分を取り去り、石のなかから像を自由にするのだという彼の言葉がある。

ぼくたちの人生も見方によれば、魂《たましい》という石を、精神的・感情的ハンディキャップを使って彫刻しているようなものだ。

より創造的な方法は?

ぼくたちの多くが自分に問いかけなければならない基本的な質問はこれだ。「この仕事を達成するために自分がとれる、もっとも創造的な方法は何だろう?」

どんな選択肢があるかをよく知るために、ぼくたちはしばしば苦境の外に出て考える必要がある。天から与えられた創造的能力を働かせて可能性を探しはじめる必要がある。

印象派の巨匠クロード・モネは「私は盲目で生まれて、それから目が見えるようになりたかった。そうすれば目の前の物体が何なのかを知ることなく描きはじめられるから」と言ったという。モネが望んだのは、網膜に直接飛び込んだ色彩の光線をカンバスの上の絵の具にそのまま置き換えることだった。モネは自分が見た対象について身構えること——言い換えれば、目で見る以上のことを対象について知ること——がこの過程の邪魔になると感じたのだ。

ぼくたちも、昔ながらのものの見方によって邪魔されている。ぼくたちは多くの状況や経験に、先入観に満ちた態度や古臭い習慣でのぞむ。新しい視野で見ることも必要だ。

創造的思考というのは、〈コンディション〉を新しい見方で見る——何かを別の角度から見たり、違う人の視点から見る——のと同じくらい単純なことなのかもしれない。

残念ながら、ぼくが出会ったほとんどの人が自分を創造的だと思っていない。彼らは画家や音楽家や俳優のような人だけが創造性に富んでいると思っている。

ぼくは絵を勉強したし、描くのが好きなので、人びとがよく、「私はまっすぐな線を引けと言われても引けない」とか「色彩のセンスがまるでないんだ」という言葉で自分には創造性がないと片づけてしまうことに、いつも驚いてしまう。創造性というのは、芸術的才能や技能と同義語ではない。さらに言えば、ほとんどの画家がまっすぐな線や典型的な配色という考えを忌み嫌っている。因習から抜け出せないことは、型にはまることだ。そして、型にはまることほど真の芸術家をぞっとさせるものはない。

実際は、人は誰でも創造性を持っている。ぼくたちは誰でも毎日、何を着るか、ヘアスタイルをどうするか、どんなタイプの家に住んでどんな内装にしたいか、どんな型の車を運転したいか、どこへ行きたいか、何をしたいかなどの選択をすることで、創造的な意思決定の力を磨いている。一人ひとりが何千もの創造的な、それまで言われたことのない、独特の組み合わせ方をした言語表現を、いつもどこかで使っている。

新しい選択肢や可能性を見つけるために創造的能力を磨くことは、目標を定め、それに到達するのに必要なモチベーションを保つうえで、きわめて重要だ。創造性に満ちた洞察力があれば、将来の見通しもうまく立てられる。新しい考えを持つ能力がなくては、見えないけれども存在するかもしれないものを見つけることはできない。存在が見えるものだけに縛りつけられてしまう。

かつてヘレン・ケラーは、「人生における最大の悲劇は、目が見えるのに見ようとしないことです」と言った。ぼくはその言葉を少し改造してみた。「人生における最大の悲劇は、長所を持っているのにそれを最大限に生かそうとしないことだ」

毎日立ちふさがる障害に取り組むために、ぼくは自分に何ができるか、どんな可能性があるかをつねに考えなければならない。自分に有効な解決法を見つけるために、少し違った方向から状況を見なければならない。新しいことに取り組んだり身体的なリスクを負ったりするのに不安を持つかもしれないが、世界に大きく足を踏み出す可能性や仕事の達成を楽にする可能性から心を閉ざすわけにはいかない。〈コンディション〉のせいで、手を使わずに車にガソリンを入れたり電球を取り替えたりする方法を見つけなければならない。

心を開いた状態に保ちつづけ、問題を解決する道をつねに探しつづける以外に、往々にして思いがけない所にころがっている解決法を見つけることはできない。

ぼくはどんなリスクを負う必要があるか?

おそらく、自分自身に問うことのできる、また問うべきもっとも大きな「ホワット?(何?)」という質問は、これだろう。「現在自分がいる場所を乗り越えて望む場所に行くには、どんなリスクを負う必要があるだろうか?」

成長にはつねにリスクがともなう。本当に自分の潜在能力を最大限に生かしたいなら、リスクの持つ正確な性質と程度を明らかにすることは、必須の条件だ。

ぼくの小中学校時代は、ぼくだけの身体上の〈コンディション〉のせいで否応なく立ちふさがる身体的難題を克服することにひたすらついやされていた。高校生になると、今度は精神的・感情的難題が最前列に出てきた。

難題の多くは、デートへの関心、周囲に溶け込むこと、同級生とのつき合い、身体的な外見、両親からの自立の主張など、十代の若者だったら誰でもが経験するものばかりだった。ただぼくの場合、それに加えて両腕がないという厄介な問題があった。

デートを申し込んだ女の子に「友達でいましょう」と言われたとき、ぼくはすぐ、自分の〈コンディション〉が原因だと思った。同級生たちがぼくを誘うのを忘れたときも、「〈コンディション〉のせいだ」と自分に言い聞かせた。友達のニール、ダグ、ブライアンがバスケットボールとクロスカントリーに熱中したときも、ぼくは見捨てられた気がした。いま振り返ってみると、それらはみな、十代の若者が誰でも感じる典型的な感情だった。しかし、もしあなたが普通でない身体的〈コンディション〉を備えていたら、やっぱり自分の〈コンディション〉に結びつけてしまうだろう。

ぼくでも対等のつき合いができると感じた課外活動に、教会の青年部があった。ぼくは教会主催の奉仕活動、キャンプ、ダンス、スポーツの試合、特別礼拝などにたずさわっていた。地元の老人ホームに慰問に行っても、セントルイスでカージナルスの試合観戦に行っても、友人たちと同等だと感じていた。〈コンディション〉のせいで参加するのをこばまれることはめったになかった。

青年部の年間の催しでもっとも楽しみだったのが、教区や地区の青年代表者会議だ。イリノイ州南部の各地から集まった若者たちが、大きな会議場でリーダーシップや信仰についてのワークショップに参加した。またそのときに青年評議会の代表と役員を選出した。評議会のそれぞれの地位に立候補する者たちは、参加者全員の前でそれぞれ短い演説をし、小さな選挙運動をしなければならなかった。

ぼくの地域の多くの青年たちにとって、この選挙に勝って地位を得ようとするのは、政治参加の最初の活動だった。話したりエネルギーを発散したりしたい者たちには、脚光を浴びるまたとない機会だった。選挙当日、役員選に出馬した青年たちは緊張しながらも熱心に同年代の青年たちの支持を求め、会議場の大広間は興奮に包まれる。

大多数の参加者にとって、役員に立候補するなどとんでもないことだった。選挙運動と演説を行って自分に関心を引きつけるということ自体、とても考えられなかった。特に、引っ込み思案の者は、役員を目指して選挙運動をする子たちを有能ぶっているとかお調子者だとか考える傾向があった。おかげで、年長のリーダーたちは、なかなかうまく年下の者たちを説得して役員に立候補させられなかった。なにしろ落選してバカにされる公算のほうがはるかに高かったからだ。

信じてもらいたいのだが、そのころぼくがもっともいやだったのは、友達に変人と思われることだった。大変な恥ずかしがり屋で、仲間はずれの立場に自分を追い込むことなど想像もできなかった。地元の青年部に参加しているだけで満足だった。

しかし、二年生のときに宗教学を教わったダー先生は違う考えを持っていた。

三月のある日の午後、床の上のノートやプリント——ぼくは足でノートを取るためにいつも床に広げているのを急いで片づけていると、ダー先生が近づいてきた。先生はそばの机に腰を下ろすと、「ジョン、青年評議会に来月行くかね?」と言った。

「そのつもりです」とぼくは答えた。

先生は「今回は、議長に立候補しているのは一人だけで、会計には一人も立候補していないことは知ってるね」と穏やかな淡々とした声で言った。

ぼくは「ええ」と無頓着に答えたが、どうして先生がこんな話をするのか不思議だった。

「なあ、ジョン。考えたんだがね……」と先生はつづけた。「君は一年生のときからとても熱心に青年部の活動をしてきたね。この地域のたくさんの人が君を知っている。役員に立候補しようと思ったことはないかい?」

ぼくはびっくりした。「僕が?」と驚いて言った。「どうして僕なんか?」

ダー先生は目をまるくして驚くぼくの様子など気にも留めなかった。「今年は忙しくなりそうだ。新しいリーダーにとっても、ワクワクするような年になると思うよ。教区の百周年記念祭が来るし、青年評議会の全米大会がピッツバーグであるし、ローマ法王がロサンジェルスを来訪される。もし君が選出されれば、そういう催しのいくつかに行くことになるだろう。君がリーダーとして成長するにはすばらしい機会になると思うよ」

ぼくはダー先生がこの話を自分にしているのが信じられなかった。しかし先生が話すにつれて、興奮が体のなかに湧き上がってくるのを感じた。自分がそんな重要な催しで同年代の代表になれると先生に思われているなんて、考えるだけで気持ちのいいことだった。

ダー先生は評議会のリーダーたちが参加するさまざまな催しについて、もっと詳しく教えてくれ、ぼくはその立場を想像してみた。人びとはぼくに敬意をはらうようになる。新しい友人ができる。もう、見下されなくなる。自分ではプレイできないつまらないスポーツの催しに参加するよりも、ましなことができるだろう、と。突然、白昼夢から我に返って、ぼくは意識を会話に戻した。「無理です。僕にはできません。落選したらどうするんです」とぼくは言った。

ダー先生はあきらめようとしなかった。「そうだね、確かに冒険だ。でもね、ジョン。君ならできると思うよ。じゅうぶん当選を狙えると思う」。ぼくは先生が寄せてくれる信頼がうれしかった。

役員に立候補するという考えに怖《お》じ気《け》づくのと同じくらい、その挑戦に引きつけられる気持ちもあった。ぼくは一生のうちに何か意味のあることをしたかった。確かに、これは意味のあることだった。

とうとうぼくは言った。「わかりました。やります。でも、どの役職に立候補するんですか?」

ダー先生の顔に大きな笑みが広がった。先生は「うん、立候補するなら、トップを狙ったほうがいいね」と言った。

それから三週間、ぼくは大急ぎで議長に立候補するための選挙運動計画をまとめた。対抗馬はすでに前年に青年評議会の委員に選出されている青年だった。経験があるうえに、若者たちによく知られ、人気があった。

ぼくは二年前から大会に出席しているものの、部外者のような気持ちだった。本気で勝とうとするのなら、選挙運動をかなりうまく組織し、展開しなければならないと、ぼくは直観した。

ぼくは自分の足型を選挙用のシンボルマークに使い、二人の友人が美術クラスで作ってくれたポスターに押した。弁論術のマンウェアリング先生に頼んで、選挙演説を考える手助けをしてもらった。ぼくたちは注意深く演説の一語一語を検討した。ぼくは自分の足型に触れて、それをキリストの足跡《そくせき》に従い、キリストの目にかなうのに必要な道を歩きたいという望みに結びつけた。ぼくの演説が若い人たちが聞いたことのないようなものになるのはわかっていたので、演説を検討していくにつれて、それを発表するのが楽しみになった。

とうとう大会が始まった。そしてさらに、投票の日が来た。ぼくの演説の順番が来ると、聴衆は静まりかえった。演壇に向かいながら、ぼくは動悸が激しくなり、アガりそうになるのをしずめようと懸命だった。空気は張りつめていた。すべての目がぼくに注がれた。こんなに多くの若者たちの注意が自分に向けられるなんて信じられなかったけど、一方で自分の演説を早く聞かせたくてたまらなくもあった。

ホースで水撒《みずま》きをすると最初に少しつかえながら噴《ふ》き出すように、ぼくの話もつかえながらはじまった。しかしすぐに、言葉が口からよどみなく流れ出しはじめた。最前列の聴衆の反応を見ようとメモから目を上げると、自分の言葉と物腰が彼らを魅了しているのが感じられた。若者たちは身を乗り出すようにして、ぼくのひと言ひと言に耳を傾けているようだった。

この選挙演説が、ぼくが一生に行う何千という講演の最初のものだったかどうかは覚えていない。ただ覚えているのは、ぼくは自分のやっていることを楽しんでいて、感銘を与え影響力を及ぼしているのを実感し、心から大切だと信じることを話した。

演説が終わったあとにごく短い間《ま》があり、そのあと聴衆は立ち上がって熱狂的に拍手喝采を送ってくれた。その音は廊下にまでとどろき、その日の午後遅く、ぼくは青年評議会の議長に選出された。

その日はずっと、若者も大人も、ぼくを抱きしめたり肩をたたいたりしてお祝いを言ってくれた。もちろん、勝利はぼくだけのものではなかった。その場にいた友人たちも勝利の喜びを味わった。地元の教会と母校にとっても最高のひとときだった。ぼくの高校の生徒が評議会の役員に選ばれたのは、この十数年で初めてだった。学校新聞にも大きな記事が載り、友人たちは他校の生徒に会うごとに自慢話をした。父と母はぼくの成功を誇らしく思った。

選挙の二日後、まだ高揚感がつづいているときに、教区の青年部の理事をしていたコレット・ケネットから電話があった。仕事の依頼だった。彼女は数週間前に伝道組織で活動しているダイバー氏と話した。ダイバー氏は、活動の手助けをしてくれる青年部のリーダーたちと、ハイチの貧しい人たちを援助する資金を調達する係を探していた。彼はコレットに、支援する病院や学校、孤児院選びのためにハイチに行ってくれる青年代表を二人選んでくれ、と頼んだ。地域の病院から寄付された薬といっしょに、千二百ドルの小切手をハイチのレカイ教区に届けなければならなかった。ぼくが議長として選ばれたばかりだったので、コレットはぼくに、イリノイ州南部の青年たちを代表してハイチに行ってくれないかと依頼してきた。ぼくは誇りをもってその依頼を承諾した。

ぼくはハイチに行って現地の人びとを助けたくてたまらなかった。

ところが結局は、ハイチの貧しい子どもたちがぼくを助けてくれることになったのだ。

多くの人にとって、
自分の〈憐れみの壺《ピティ・ポット》〉から
離れる時が来た。

第11章
スパイラルは上向きですか、下向きですか？

ぼくが午前八時半にハイチのポルトープランスにあるマザー・テレサ小児科病院に着いたとき、気温はすでに三十度近くになっていた。その病院は、ぼくが行ったことのあるどの病院とも違っていた。狭くてひっそりした通りの奥に建つ病院は、一階建てで二部屋しかない、錆《さ》びたトタン屋根にコンクリート造りの石炭置き場だった。

ぼくは病院に入る前に、これから見るのはぞっとするようなものかもしれないが、覚悟をもって切り抜けようと自分に言い聞かせた。車のドアが開いて病院前の道に降りたとたん、ぼくは自分の間違いに気づいた。ぼくを襲《おそ》った光景と臭いに覚悟するように教えてくれた者は誰もいなかった。

朝の湿った空気を通して、露出した下水溝の悪臭が生ぬるい風に運ばれてきた。ぼくは暑さと悪臭から逃れようと足早に病院に向かった。

病院内に入ったとたん、ぼくはむきだしの床に寝ていた病気の子どもにつまずきそうになった。その子がくるまっていたのは、ぼろぼろの汚い毛布だった。ぼくは看護師たちがそんなことを許しているのに驚いた。しかし驚いたのはそれだけではなかった。

病院に入ってすぐ、小便の臭いが充満しているのに気づいた。隣の部屋からは子どもたちの小さなかすれた声に混じって、咳《せ》き込む音や泣き声が聞こえてきた。ぼくは気がかりになって、右側にあるその部屋に入った。たちまち、なぜあの子どもが玄関脇の床に寝ていたのかがわかった。

部屋は、一九三〇年代や四〇年代の孤児院や病院を描いた映画に出てくるような、古めかしい白い鉄製のベビーベッドでいっぱいだった。その部屋だけで少なくとも二十床はあっただろう。そしてどのベッドも栄養失調の小さな命で占められていた。子どもたちの年齢は数カ月から十歳くらいにまでわたっていた。ほとんどの子が骨と皮だけで、骨の一本一本が数えられるほど痩《や》せ細っていた。どの子も、誰かが高校の生物室から骸骨《がいこつ》の模型を持ってきて茶色のビニールでくるんだように見えた。

浅黒い肌をしているにもかかわらず、たいていの子どもたちはお腹がふくらみ、出べそだった。すべて、栄養失調の典型的な徴候だった。目は生気がなく無表情だった。二、三人の子どもが大きな声で泣いていた。見知らぬ人間が部屋に入ってきても、振り向く子どころか、まばたきする子さえ一人もいなかった。意識が朦朧《もうろう》としているのか、単に気にしないのかわからなかった。ぼくは、彼らが死にかけているせいなのではないかと思い、恐ろしかった。

いったいこの子たちは、ぼくたちが室内にいることに気づいているのだろうか？　健康で元気があって走ったり遊んだりするとはどんなことか知っているのだろうか？　恐ろしいだろうか？　寂しいだろうか？　ぼくの心に次々にそんな疑問が浮かんだ。

目に映るもの、臭い、音、頭に浮かぶものすべてに打ちのめされて立ちつくしていると、看護師の女性が、まだ幼い子どもの頭の皮に静脈注射をしているのが見えた。手足の筋肉があまりに衰えていて、注射の針をさせないからだ。

憐れみと恐れがぼくの心に湧きあがった。突然、ぼくの脳裏に、二歳のときに病院に入れられていたころの記憶がまざまざと蘇《よみがえ》った。それは、ぼくの最初の記憶だった。

そのとき、ぼくはセントルイスのシュライナーズ病院で義手を装着され、テストされていた。その当時はほとんどの医者が、子どもはできるだけ早いうちに義手に慣れたほうがいいという考えを持っていた。早く装置を着けるほど子どもは順応しやすいというのが、彼らの考え方だった。

ぼくにはどうして自分が病院に置き去りにされたのかわからなかった。ぼくには怖い場所だった。ベッドサイドに来る医者はいつも医学生の一団を従えていた。といっても、そのころは医学生だとは知らなかったけれど。

ぼくが見たのは、白衣を着てぼくの知らない長ったらしい言葉を使う一団の人びとで、ずっとぼくの肩をつついたり、いじったりしていた。一日のうちで安心できたのは、父と母が来ている数分間だけだった。家から病院までは片道一時間少しの道のりだった。たまには三人の兄たちもいっしょに来て、ぼくと四人で見舞いの家族用ラウンジで遊んだ。

家族が帰る時間になると、ぼくは恐怖にかられた。看護師に抱き上げられ、父と母が部屋から出て行くと、足をバタバタさせて泣きわめいたのを覚えている。両親にとってもひどい経験だったにちがいないが、あのときはぼくを一人残して帰るしかなかった。当時は親が病院に泊まるのは許されていなかったからだ。

ぼくのベッドは来客用の駐車場が見下ろせる窓際にあった。目にいっぱい涙をためていても、両親と兄弟たちがステーションワゴンに乗って走り去るのは見えた。泣きながらみんなの名を呼んだのを覚えている。あえぎ、すすりあげながら泣いたものだ。もちろん、家族にはぼくの声は届かなかった。車が駐車場から出て見えなくなると、ぼくは恐怖心と騙《だま》されて捨てられたという気持ちをかかえて取り残された。

ある意味では、ぼくは目の前のハイチの子どもたちと同じだった。大きな悲しみと彼らへの同情で胸がいっぱいになった。

そのとき、何かに腰をつかまれて、ぼくは我に返った。見下ろすと小さな男の子がぼくの体に両腕をまわしていた。五、六歳に見えたが、あとで看護師にきいたらもうすぐ十歳だということだった。大きな茶色の目がぼくを見上げていた。顔にはかすかに笑みが浮かんでいた。

男の子はひと言も口をきかなかった。何かを語る必要はなかった。その目はぼくに、抱き上げて抱きしめてほしいと伝えていた。でもそれは、ぼくにできない唯一のことだった。

カンカン打ち鳴らされる鐘の音《ね》がだんだんと大きく聞こえるように、強い思いがぼくの頭をかけめぐった。

抱き上げる腕がない！

抱き上げる腕がない！

抱き上げる腕がない！

他には何も考えられなかった。ぼくは男の子をじっと見たまま立ちつくした。抱き上げて、きつく抱きしめたくてたまらなかった。その子はまだぼくの腰に腕をまわしたまま、じっと見上げていた。ぼくは思わず目をそらした。まるで自分の魂を見つめられているような気がして、どうしようもない無力感に襲われたのだ。それでも、顔をそむけることはできなかった。

涙がこみ上げてきた。その子には泣くところを絶対見られたくなかった。彼がその幼い人生でとても多くの苦痛を経験してきたのはわかっていた。そのうえ、ぼくの涙まで見せる必要はなかった。ぼくは自分に失望した。彼を抱き上げられないことだけでなく、涙を見せることでさらに苦痛を与えることになることでも。彼がどうしてぼくを選んだのか理解できなかった。

ハイチに行くまで、ぼくはもっぱら愛情を受ける側にばかりいた。記憶にあるかぎり、誰かが実際にぼくの愛を求め、ぼくの助けを求め、ぼくの抱擁《ほうよう》を求めたのは、これが初めてだった。自分が何も与えられないのがむしょうに腹立たしかった。

ぼくは挫折感でいっぱいになった。なぜこの子は、部屋のなかの他の大人のところに行かないのか？　この子は、どうしてぼくが抱き上げてやれないのかわからないのか？　どうして、いったいどうして、ぼくには抱いてやる腕がないのか？

帰りの車のなかは静かだった。他のメンバーたちも、ぼくと男の子のあいだの出来事を見ていたが、彼らも何と言っていいかわからなかった。

その夜、ぼくは一人で宿舎のベランダに出て、ロッキングチェアをゆらしながら、昼間のことを思い返していた。そしてどうしてあの子がぼくのところに来て、あんなふうにぼくに抱きついたのか教えてくださいと神様にたずねていた。あなたは何をなさっているのですか？　ぼくに何をおっしゃろうとしているのですか？

まる一週間かけて、ぼくはハイチのさまざまな場所にある病院や学校や孤児院を訪ねた。病気と飢えと死のあいだを歩きまわった一週間だった。ハンセン氏病やエイズにかかった男たち、お腹を空かした子どものために物乞いをする母親、露出した下水溝の上に廃物を敷いて暮らす一家などを目にした。出合った光景は、衝撃的で胸が悪くなるようなものばかりだった。しかし、脳裏《のうり》にもっとも強く焼きついていたのは、小児科病院でぼくの腰に抱きついてきた小さな男の子の顔だった。

貧困と病気に満ちたハイチを離れたくてたまらなかったが、家に帰るのは気が進まなかった。家族がぼくのみやげ話や写真を楽しみに待っているのはわかっていたけれど、ハイチでの経験を話す気には、まだなれなかった。心の底に深い動揺があった。ぼくはそれから逃れることができなかった。

ポルトープランスからマイアミに帰る機内で、ずっと心に焼きついて離れないハイチの思い出を頭から追いはらおうとしたが、できなかった。ぼくの腰にしがみついていた男の子の真剣な目は、悪夢以上のものだった。それは現実だった。ぼくの一部だった。ぼくの心に埋《う》め込まれたものだった。

男の子のことを考えれば考えるほど、ぼくの思いは昔のつらかった経験に向けられていった。ぼくは一人で服を着られなかったときの挫折感を思い出した。車の運転ができるだろうかと考えたときの不安を思い出した。無力で孤独で悲しかった状況が次から次へと心に浮かんだ。あの男の子のことを考えれば考えるほど、自分が哀れに思えた。おまえは一生このばかなハンディキャップを乗り越えられないだろう。どうして普通の生活をしようなんて考えたんだ？　小さな子どもさえ助けられないくせに……。

もしあなたがぼくといっしょの飛行機に乗っていたら、おそらく「誰が犠牲者なんだ？栄養失調に苦しみ、貧しい一生を送ることになるハイチの子どもか、それとも自分を憐れんでいるジョンか？」とたずねたくなるだろう。答えは明らかに「ジョン」だった。

ぼくはすっかり犠牲者の心理状態になりきっていた。

犠牲者の心理状態は下向きのスパイラル

犠牲者の心理状態になると、その人は自分しか見えなくなり、自分の過去や現在のもっとも痛ましい面ばかりを意識するようになる。自分がひどい人生を送ってきたと思っているあいだは、傷ついた感情や、絶え間ない不安や、ゆがんだ見解や、皮肉な考え方などの下向きのスパイラルを一気に下っている。犠牲者の心理状態を受け入れてしまった人は、自分の選択肢を認識することが難しくなり、下りのスパイラルから自分を引き上げようという意欲を失《な》くしてしまう。

犠牲者の心理状態におちいった人は、世界じゅうが自分につらく当たり、痛みや苦しみを引き起こしていると感じる。完全にマイナス思考のとりこになってしまって、「自分は駄目な人間だ」「役立たずだ」「できない」「無駄だ」などと考えてしまう。誰でも一生のうちにはつらい〈コンディション〉に自分が出合うものだとは考えない。

犠牲者の心理状態におちいった人は、たとえ過去に誰かに苦しめられたとしても、現在どう行動するかは自分の責任なのだということに気づかない。さらに言えば、ずっと犠牲者の状態でいるか、それをくつがえすかを選択する力は当人しか持っていない。

犠牲者の心理状態を持ちつづける人は、やがては自分の本質を「犠牲」にしてしまう。

犠牲者の心理状態になった人を助けようとするのは、精神と精神でテニスの試合をするのに似ている。解決法を提案することによって相手のコートに責任というボールを打ち込むと、そのたびに相手は、なぜその解決法が役に立たないのかという、言い訳で打ち返してくる。もしあなたがそんなひやかしに腹を立てて、これほど手を尽くして助けようとしたのに全然成功しなかったと感じて試合を放棄したことがあるなら、おそらくそれは正しい態度だったろう。

うまくいくかどうか検討する気にもならず、相手がさっさと打ち返せるような解決法を提案するかぎり、それはあなたの一方的な努力にすぎない。相手は自分自身を助ける責任を負う気がまったくない。勝てる見込みのない精神テニスの試合に巻き込まれたときは、その試合をやめる選択をすべきかもしれない。単刀直入《たんとうちょくにゅう》に「では、君はいったい自分の〈コンディション〉に関して何をするつもりなんだ？」と言うのがいちばんかもしれない。相手の〈ピティ・ポット《憐れみの壺》〉を〈タフ・ラヴ《不屈の愛》〉をこめて蹴飛《けと》ばしてしまえばいいのだ。

ぼくはマイアミへ向かう飛行機の機内で犠牲者の心理状態におちいっていた。男の子との出会いが、ある意味では、ぼくが長いあいだ欲しがっていた、神様を激しく非難する言い訳を与えてくれたと感じていた。ぼくは心の中で神様にくってかかった。「ぼくにはわからないよ。神様はぼくたちがお互いに助け合うことを望んでいると思っていた。人間は他人に分け与えるはずじゃないの？　ぼくは友達と野球ができなくても気にしない。でも、神様は小さな子どもを抱いてやる腕さえくれないじゃないか。なんて残酷な神様なんだ！」

怒りのなかで、ぼくは神様に答えてみろと挑戦していた。

しかし次の瞬間、一つの考えが頭にひらめいた。

「あの子はぼくに抱き上げてもらいたかったんじゃない。ぼくを抱きしめていたんだ！」

ぼくは自分の制約にばかり心を奪われていて、あの子がくれた贈り物の明解さと大きさに気づかなかった。あの瞬間、あの男の子はぼくが一生を通してやりたいとあがいていた何かをやったのだ。彼はぼくの身体的〈コンディション〉なんかにまどわされず、ぼくのすべてを受け入れ、愛で応えてくれた。

ワォ！

あの子はぼくに、〈無条件の愛〉という途方もない贈り物をくれたんだ。もう少しでそれがわからず、受け取りそこねるところだった。それどころか、彼の小さくて美しい愛情表現を台無しにしてしまっていた。

たちまち、ぼくの〈コンディション〉の不安感の正体が明らかになった。それはささいなものだった。ハイチの人びとを苦しめている政治の腐敗《ふはい》、暴力、病気、飢餓、死こそが本物の身体的問題だった。ぼくの問題など、彼らの持つハンディキャップに比べれば何でもなかった。貧しいハイチの人びとはまさしく、がけっぷちの暮らしをしていた。ぼくの制約はもっぱら自分が課したものだった。

ぼくは、憐れみと怒りのとりこになっていた時期を次々と心に思い浮かべ、以前とはまったく違う新しい光のなかにさらして見た。自分がそれぞれの出来事のなかで、個々の難題に実際にどう立ち向かったらいいかを考え出そうとするより、自分の意識と格闘するのにずっと多くの時間をついやしていたのがわかった。腕がないという事実より、ぼくの意識がぼくを制約していた。本当の障害は、ぼくの体ではなく心にあった。

カウンセラーとしての仕事を通して、ぼくは犠牲者の心理状態に苦しむ多くの人たちと出会った。憐れみと恐れに身をまかせ、自分の問題の本当の根っこをしっかり見据えないで目を閉じるのは簡単だ。さらに安易なのは、「もっとお金さえあれば。もっと援助さえあれば。もし人にいじめられさえしなかったら」と、泣き言を言うことだ。

疑いや偏見や無知に耳をふさがれ、純粋な励ましの言葉を聞いたり吸収したりできなくなるのはもっと簡単だ。それよりもっと簡単なのは、「誰も気にかけてくれない。誰もわかってくれない。誰も愛してくれない」と嘆《なげ》くことだ。

周囲から勝手に孤立して自分を憐れむのはやさしい。しかし、そんなことをしていると、答えと助けからどんどん遠く離れてしまう。

ただ、誤解しないでもらいたい。怒り、憐れみ、孤独感、恐れといった感情がすべてネガティブで不当なわけではない。そういう感情が不正を正したり、喪失感《そうしつかん》に耐える助けになることもある。そういう感情は、ごく普通の喪失の悲しみだ。喪失は愛する人の死だけでなく、離婚、流産、身体障害、失職、子どもの巣立ちという形でもやって来る。

怒り、恐れ、罪悪感、衝撃、孤独、失望などの感情は、何か重要なことに失敗したり、大切な人や物を失ったりすればかならず現れるものだ。ぼくたちは人や立場を失ったときだけでなく、人や立場や出来事に結びついている夢や希望やあこがれが消滅したときも嘆き悲しむ。

問題が生じるのは、ぼくたちが前に進めなくなるまでその感情を過熱させてしまったときだ。

成長は上向きのスパイラル

では、どうしたら正しい道に戻り、成長の上向きスパイラルをつくれるのか？

① 将来に目を向けよう

まず、自分の前途に開けている人生は、背後に過ぎ去った人生と同じではないことを認識する必要がある。後戻りして昨日をやり直すことは誰にもできない。失って二度と戻らないものを抱きしめることは誰にもできない。しかし、過去に学び、過去の最良の思い出をいだいて、さらに大きく明るく美しい明日に向かって前進する道を選ぶことはできる。

未来がぼくたちに取っておいてくれるものを発見するために、自分を解放する道を選ぶことはできる。

② 悲しみのプロセスを受け入れよう

悲しみにはじつは終わりがない、ということを認識する必要がある。大切な人間関係を失った喪失感から立ち直ることはけっしてない。深い愛を本当に忘れたり、そこから去ったりすることはない。でも、ふいに過去を思い出したり、失ったものを悲しんだりする出来事や瞬間に出合うことはつねにある。それがあたり前だ。

人生の表面に悲しみが生じたとき、ときには声をあげて泣いたり、怒りや悲しみや孤独といった感情をいだくのは当然だし、健康だとさえ言える。強い悲しみに出合ったときの反応は感情の否定になってはならないが、ただ、感情をほとばしらせてしまったら、つづいてこう言おう。「これまで持っていたものに感謝します。この先出合えるものに感謝します」

大きな喪失に出合ったのに、まだ嘆く機会がないという事実を直視する必要のある人もいる。かつて、インディアナの女性店員の会合で講演したことがある。講演のあとの質疑応答の時間に、一人の女性が立ち上がって、涙をぽろぽろこぼしながら言った。

「二十年以上前に、私はあなたと同じ状態の女の赤ん坊を産みました。腕がなかったうえに、たくさんの医学的な問題をかかえていました。その子は二日で死にました。私はずっと、あの子は死んでよかった、だって、苦しんだり苦痛に満ちた人生を生きる必要がなくなったのだからと、自分に言い聞かせていました。苦痛を克服して希望を持つというお話を聞いて、私はいまやっと、娘も満ち足りた人生を送ることができたと気がつきました。私は自分に娘の死を悲しむことを許しませんでした。でも、いまなら家に帰って悲しみにくれることができます」

この女性は娘の誕生と死という苦しみを何年も引きずっていたが、その苦しみを認めようとせず、ちゃんと向き合わなかった。失ったもののために深く悲しむことも泣くこともしなかった。人生を前に向かって進むとき、本当の安らぎを経験したいと心から願うなら、悲しみを経験するのは大切なことだ。

③ 他人の思いやりを受け入れよう

悲嘆にくれているときは、他人の理解と思いやりが必要だということを認識する必要がある。手を差し伸べて抱きしめようとしたり、「大丈夫。わかってる。まかせなさい」とささやいたりしようとする人を、けっして拒絶してはいけない。それよりも、そういう人の助けや支えを受け入れ、感謝しよう。

ハイチの小さな少年が、ぼくに抱かれることなど求めず、ぼくを抱いてくれたのだと気づいたとき、少年は「大丈夫、わかってるよ。ぼくにまかせて」というメッセージを送ってくれたのだとわかった。

ぼくは少年が寄せてくれた思いやりを受け入れた。心の中で、ぼくは彼を抱き返した。

④ 他人を助けることを始めよう

ぼくたちは自分をひっくり返す必要がある。自己憐憫《れんびん》の下向きのスパイラルから脱するもっとも効果的な方法は、誰かを助けることだ。

見ることも聞くこともできない一生を過ごしたヘレン・ケラーは、自伝のなかで次のように書いている。

どんなものにも不思議があります。暗闇や静寂《せいじゃく》にさえも。そして私は自分がどんな状態にあってもそれに満足することを学びました。人生の道にたった一人で座っていますと、時どき、孤立感に霧《きり》のようにすっぽりと包まれることがあります。その向こうには光と音楽と、人びととの楽しい交わりがありますが、私はそこには入れません。

もの言わぬ無慈悲な運命が門を閉じ、行く手をさえぎっているのです。（中略）そこで私は他人の目に入る光を私の太陽にし、他人の耳に聞こえる音楽を私のシンフォニーにし、他人の唇に浮かぶ笑みを私の幸福にしようと思うのです。

あれほど多くのことを感じることもすることもできないのに、ケラー女史は他人を助けることで人生に全面的に参加する方法を見つけた。ぼくも自分の方法で同じような選択をした。

ハイチの小さな少年がぼくに思いやりと〈無条件の愛〉を示してくれたと気づいて、ぼくはマイアミに着いたらすぐに出発ロビーに行ってハイチ行きの飛行機に乗り、ハイチに戻ってあの少年に「ありがとう。あんなふうに抱いてほしかったんだ。ぼくも君が好きだよ！」と言いたくてたまらなくなった。大きな仕事をやり残したような気さえした。

でも、すぐにハイチに引き返すなんて不可能なのはわかっていた。そこで気持ちをいくつかの質問に向けた。「あの少年や同じような他の子どもたちを救うために、ぼくは何をすればいいか？」「彼に愛情を持ち、心に掛けていると示すためには何をすればいいか？」「この少年を、腕では無理でも心で抱きしめるには何をすればいいか？」

セントルイス行きの飛行機に乗り換えるときも、さまざまな考えが頭に浮かんだ。

貧困に苦しむ人たちのことをアメリカの人びとに知ってもらう活動をするために、青年評議会議長の新しいオフィスが活用できる。

講演をしたり、スライド上映会を催したり、この小さな少年との出会いについて人びとに話すこともできる。他の人たちに、祈りや寄付を通して彼や彼と同じような子どもたちを救おうと呼びかけることもできる。

何ができるか考えていくにつれて、ぼくの興奮は高まっていった。なにしろ、ぼくはそのときまだ十代だった。エネルギーにも決断力にも満ちあふれていた。

そのときはわからなかったが、この小さな少年を救おうと動きだすことが、ぼくがモチベーショナル・スピーカーとなる基礎を築くことにもなっていた。彼を助ける努力が、自分を助けるための土台になった。

彼を救おうと人びとに呼びかけるなかで、ぼくは希望のメッセージを確立しつつあった。それから何年ものあいだ、幅広い問題に関して幅広い層の聴衆に聞かせるための、はかり知れないほどの表現を見つけていった。しかし、その当時はただ、重要で意義深い何かを与えられたとわかっただけだった。ぼくは果たすべき使命を与えられた。

青年評議会の議長だった期間、ぼくは青年部のリーダーのコレットといっしょに、毎週のように青年グループや教会や市民団体で話しに行った。週に二回というときもあった。

どこかで話せば、必ずそれがきっかけで別の場所でも話すことになった。ハイチの人びとのことや、彼らが飢えや貧困や苦しみのなかで直面している窮状について話す機会があれば、けっしてそれを無駄にはしなかった。任期が終わるころには、ぼくたちはイリノイ州南部一帯で六十回以上の講演をこなし、ハイチの貧しい人びとのために八千ドル以上の寄付を集めていた。

ぼくたちの講演はいくつかの小さな町の新聞に、活動を紹介する特集記事として取り上げられた。いったんぼくの知名度が上がると、あちこちの学校、ロータリークラブ、青年商工会議所などの民間の団体が、ハイチに関するメッセージだけでなく、腕がなくても暮らす方法を見つける過程でぶつかっている毎日のぼくの試練にも注目した。ぼくは講演を依頼されては、どうやって自尊心を育て、逆境を克服するかについて話した。大学に入学するころには、いくつもの集会や企業でも講演していた。講演旅行はとても魅力があったので、大学ではスピーチ・コミュニケーションを専攻した。

三年生のとき、連邦政府が主催するセミナーで講演してほしいという依頼が来た。会合はコロラド・スプリングスで行われる予定だった。講演者にはモチベーショナル・スピーカーとして全米でもっとも人気の高いジグ・ジグラーもいた。

ぼくはそのイベントにジグ・ジグラーも来ると聞いて、興奮を隠せなかった。実のところ、自分が話すときは聞き手になるということまでは頭がまわらなかった。しかし、彼は最前列に座ってメモを取っていた。話し終わっても、詰めかけて来た人たちにぼくが挨拶《あいさつ》しているあいだ、彼は待っていてくれた。その出会い以来、ジグラーとぼくは温かい友情で結ばれることになった。

大学を卒業すると、ジグラーがいっしょに仕事をしないかと誘ってくれた。ぼくはジグラー・コーポレーションが社外から雇った最初のプロのスピーカーになった。二十一歳のとき、ぼくはスピーカーとトレーナーとして働くためにダラスに引っ越した。ジグラーは弟子としてぼくをじきじきに鍛えてくれたし、ぼくも頑張った。彼はぼくがスピーチの技量に磨きをかける手助けをしてくれ、ぼくはジグラーのプロ・チームの一員として、聖職者から受刑者まで、花屋から防衛関係の請負業者まで、あらゆる種類の聴衆の前で講演するというワクワクするような機会を得た。

社員ではなくなったが、現在もジグラー・コーポレーションの仕事はしている。ぼくはいまでも他人を救いたいという望みに根ざしたメッセージを発信している。

ハイチではじまったものが、ずっとつづいている。

一つの出会いのなかの一人の少年の抱擁――それはぼくに与えられた大切な贈り物であり、すばらしい人生の転機であり、心に届いた深いメッセージだった。

自分の人生が他人にどんな影響を与えられるのか、おそらくみなさんはご存じないだろう。今日、進んで誰かに手を差し伸べて、〈コンディション〉に影響されない愛をささげますか？　自分が気にかけていることを喜んで誰かに知らせますか？　誰かの心の傷を癒《いや》すものを与えるつもりがありますか？

他人に与えるとき、人は自分を解放してすばらしく大きなお返しを受け取る。自分の扉を開けば、そこから愛が入ってくる。

あなたの知っている誰かが、
いま、あなたの助力を必要としている。

第12章

進んで助けを求めていますか？

両親はぼくの子ども時代を通して、ぼくに品位と独立心を保たせつつ、身体障害のある子どもたちに義手や義足を提供してくれるような団体の援助を受けるという境界線を歩いてきた。たいていの人と同じように、父と母も否応《いやおう》なくこういう状況になった。援助を求めたくはなかったが、それにもかかわらず援助は必要だったからだ。特別な〈コンディションン〉にある子どもの世話をするための知識も経験もなかった。しかしそれと同時に、自分たちと家族のために何が正しいのかは、確かに知っていた。それは、誰でもたどる道だ――助力が必要で、なおかつ独立を保ちたいときには。

ぼくは毎日、その道を歩いている。

特に骨の折れる日常の仕事は、スーパーでの買い物だ。一人で買い物に行くと、まず立ちはだかるのがショッピングカートの扱いだ。カートを肩で押すためには、上体をカートに乗り出すようにぐっと前に傾けなければならない。

自慢じゃないが、ぼくは地元じゅうのバランスの悪いカートを知っている。癖のあるカートを押して長くてまっすぐなスーパーの通路を通るには、大変な集中力が必要だ。ためしに両手を使わないでこの作業をやってみていただきたい。

もちろん、カートは難題の一つにすぎない。メロンのような大きな物を取ったり、高い棚の商品を取るのも慎重を要する。手を使わないで箱型のフリーザーから冷凍食品を持ち上げるのが、どんなに大変か！

このぼくでさえ嫌でたまらないと言えば、どんなに大変かわかってもらえるだろう。スーパーでの買い物はいつだって大仕事だ。

二年前のある日、ひるんでしまう状況でも楽しめるような気持ちになろうと努力しながら、そんなふうにカートを押していて、ぼくは見慣れないものに気づいた。レジの横の入口の自動ドアのすぐ後ろに小型のショッピングカートがあった。小さい以外は普通のカートとそっくり同じだ。親といっしょに買い物に来た子どもたちの気をまぎらすために店が置いているカートだった。それを見ていて、ぼくの中でひらめいたものがあった。

「どうしていままでこのカートに気づかなかったんだろう？」

小型のショッピングカートは、六歳になる姪《めい》のエミリーにちょうどいい大きさだった。

ぼくは考えた。エミリーは小学一年生だから、午後三時には学校から帰る。待てばいいんだ！　満面に笑みを浮かべて、ぼくは店を出た。

エミリーも、スーパーでのジョンおじさんの手伝いが気に入ったようだった。ぼくたちの買い物のお出かけは楽しい時間になり、いまでは定期的になっている。普通は、放課後にぼくが車でエミリーを迎えに行き、スーパーマーケットに向かう。エミリーは小型カートを押して優雅にぼくの後ろをついてくる。店内を歩くと、エミリーの責任感と使命達成に向けた成熟度に、ぼくはいつも感服する。わが姪は、カラフルな色彩やかわいい形で気を引く子ども向けの商品にはけっして注意をそらされない。目の前の仕事に全神経を集中する。まあそのうち、勝手にどこかへ行ったりお菓子をせがんだりするだろうけど。

エミリーの手助けは、単にカートを押すだけでは終わらない。まだほんの子どもだが、彼女は長い手を持っている。高い棚にある商品を取ることもできる。それに、ケース入りの卵やジュースの瓶などの壊れやすい品を買うときは、とても助かる。エミリーの助けがなければ、ぼくはこういうものを歯やアゴで持つという危険を冒《おか》さなければならない。エミリーと買い物に行く前は、何度も大失敗をしたものだ、本当に。

ぼくはいつも、独力で何でもこなす能力を誇りにしてきた。六歳の姪に手を貸してくれと頼むのは屈辱《くつじょく》だった。しかし、いったんプライドを取り除くことができると、この厄介きわまりない問題の最良の解決策は、誰かに助けてもらうことだとわかった。

実際のところ、エミリーのおかげでずいぶん助かっている。スーパーでの買い物はずっと早くて楽で安全になった。もう、嫌でたまらない仕事ではなく、純粋に楽しめる散歩になった。また、エミリーが字を読めるようになると、ちょっとしたおまけまで加わった。いまではエミリーは、「無脂肪」というラベルの貼ってある商品を買えと勧めるようになった。

とはいっても、これが完全にエミリーが与えてぼくが受け取るという関係だと決めつけないでほしい。エミリーも、彼女にとって大切なさまざまなやり方で恩恵を受けている。ぼくと買い物をすることで、彼女は自分が価値のある成熟した人間だと感じることができる。しばらくのあいだは、うるさくまとわりつく弟たちから逃れられる。それに、買い物に行くたび、勘定を払って出てから、ぼくはエミリーに欲しいものを取っていいよと言うのだ。

ここ数年で、ぼくたちの関係は単なる叔父と姪から、お互いにとって非常に重要なものになっていった。実際、ぼくたちはいっしょにできることがもっとないか探している。最近のプロジェクトは、ぼくが買ったコンピュータのCDプログラムを使って、いっしょにドイツ語を勉強するというものだ。

手助けしてもらうために、まず必要なのは

他人からの手助けを受けるために前もって必要なことは、たった一つだ。自分の能力の限界と、それにはどんな手助けが必要かを認めること。

自分の限界を認めるとは、自分の限界を言い訳として使うこととはまったく違う。子どものころ、ぼくは自分の〈コンディション〉を、なぜいろいろなことができないか、なぜやってはいけないか、なぜ他人が助けてくれるべきかという、言い訳に使っていた。自分でできることに他人の手を借りなくなったとき、ぼくは人生に大きな一歩を踏み出した。誰かが他人の世話を期待するのをやめて自分自身の面倒をみるようになるのは、自己責任に進む注目すべき第一歩だ。

それと同時に、自分の限界と弱点について現実的になる必要もある。誰にだってできないことはあるのだ。

友人の一人が、知り合いの若い夫婦のこんな話をしてくれた。夫は、結婚前に妻には内緒にしていたあることを告白した。彼は夜盲症《やもうしょう》だった。といっても、夜間に高速道路を運転したり、あまり明るくない道路を運転したりできないだけだった。これに対し、妻も夫

に告白した。彼女は子どものころに失読症《しつどくしょう》にかかっていた。勉強して大学を出たし、フライトアテンダントの仕事の合い間や乗り継ぎの待ち合わせ時間に小説を読んだりもできる。しかしいまでも縫い物は苦手だし、野球のバットでボールを打つのも難しい。

お互いに告白しあって、二人は大笑いした。夫は「暗くなってからの運転は君に頼むけど、道路標識を読んでくれとは言わないよ!」と言った。妻もそれにこたえて「息子を野球の練習につれて行くのは私がやるけど、家でキャッチボールの相手をするのはあなたよ!」と言った。

限界は必ずしも深刻なものとはかぎらない。不愉快だったり邪魔だったりする程度の場合もある。しかし、他人の助力を必要とするような限界もある。そしてまた、自分独自の身体的〈コンディション〉のせいで、全部ではなくても、自分のかかわる活動のいくつかにじゅうぶんには参加できない場合もあることを認識する必要がある。

ぼくは一日じゅうタイガー・ウッズにゴルフのやり方について話をしてもらうことができるし、それを通してゴルフについての助言を学ぶことはできる。けれど自分でゴルフをして上達することはない。あえて言わせてもらえば、ぼくのハンデはとても数えられるようなものではないのだ。

テニスでも同じことが言える。ぼくは一日じゅうでも頭の中でバックハンドのスイングを練習することができるけれど、実際の試合に生かすことはありえない。

また、ぼくとあなたが無人島に漂着し、あなたが突然ココナッツを喉に詰まらせて苦しんでも、ぼくは背後からかかえて吐き出させるハイムリック法であなたを助けてあげることはできないから、悪しからず。

ぼくにはできないことがあるのだ。ぼくはそれらの限界を認識している。ただ、そのせいで、人生に参加しなかったり、精いっぱい楽しむのをやめたりしようとは思わない。

お金で買える助力もある

限界を克服するには、その道の専門家や適任のヘルパーを雇うのが最良の場合がある。

ぼくはかつて、天気のいい日曜の午後に郵便受けのペンキを塗ろうとしたことがある。普通は足の指を使って塗るのだが、そのときは、刷毛《はけ》を歯にはさんで塗るほうがうまくいくと考えた。そして、ペンキの容器をアゴと肩で持つことにした。そう、まずいやり方だった。しかも誤って、刷毛の柄のとがった先端で上アゴをついてしまった。そのあとぼくは、何でも自分でやろうとしすぎるのは危険だと考えた。ぼくはペンキ職人を雇って、その仕事をしてもらった。

ぼくは芝刈り機を操作できるが、どうして使う必要がある？　近所の子どもたちが少しのお小遣いで、喜んでわが家の芝刈りをやってくれるのだから。

ぼくは掃除機を使えるし、お風呂洗いもできる。でも、誰かにお金を払って家の掃除をしてもらったほうがいい。

ぼくは車の運転ができるが、大都市で講演するときは、もっと便利で安心なタクシーやバスや、講演先が差しまわしてくれた車などを利用する。

ぼくはシャツにアイロンをかけたり車にガソリンを入れたりできるが、好きではない。むしろお金を払ってガソリンスタンドの従業員やクリーニング店にまかせるほうがいい。

必要な手助けを頼もう

つい最近のことだ。ぼくはカウンター式の店でサンドイッチを買っていた。ぼくは普通、運転免許証やクレジットカードや数枚の札を小さなビニールの財布に入れて左の靴の土踏まずの部分に入れている。お金が必要なときは、靴を脱いで財布を床に置き、足の指で必要なだけの札を取り出す。ところがこのときは、二枚の札がくっついていたため、気がついたときにはカード類や免許証まで財布から飛び出してしまっていた。足元の床にさまざまなものが散らばった。

当然ながら、ぼくはうろたえた。後ろには他の客が並んでいて、ぼくを見ていたからだ。目の端に、一人の男性が拾うのを手伝おうと腰をかがめるのが見えた。しかしそのとき、彼は途中で動きを止めた。手を貸していいのかどうか迷っているのがわかった。ぼくはすまない気がしたが、相手もそう感じているのがわかった。

ぼくは振り向いて「手伝ってくださって、ありがとうございます」と言った。彼はせっせと落ちているものを拾い集めて財布に戻してくれ、ぼくはそれを靴に入れた。ぼくは彼に感謝し、ぼくたちは普通の生活に戻った。ぼくは、きまり悪さを店の外まで引きずらなかった。きっと彼のほうには、ぼくに対する善意と、いいことをしたという気持ちが店を出てからもつづいただろう。

これとよく似た瞬間が、いわゆる健常者と特別な必要をかかえた者のあいだにごく普通に起こっている。多くの健常者たちが、助力を申し出ていいものかどうか迷うようだ。ぼくはしょっちゅう、こういう質問を受ける。「障害のある人が、たとえばドアを開けるような普通のことで苦労していたら、飛んで行って助けてあげるべきでしょうか?」

ぼくはこう答える。「その人に『お手伝いしましょうか?』とたずねてください」

もし相手が「はい」と言えば、行って助けてあげよう。あなたは親切な手を差し伸ばした――ぼくたちはみんな、もっと頻繁にそうすべきだ。子どもを抱いたうえに腕いっぱいに荷物を持った母親や、杖をついた老人も、〈コンディション〉を持った人と同じように手を貸してあげれば助かるかもしれない。

もし相手が「いいえ」と言っても、自分へのあてつけだとは思わないでほしい。その人は自力でどれくらいできるか発見しようとしているのだ。もし、その人が少し苦労していて、あなたが待たなくてはならなくても、我慢しよう。

自分がやろうとしている手助けが本当に助けになると無意識に思い込むのはやめよう。ぼくはこの教訓を、世界旅行をしたとき、じかに学んだ。

国によっては、障害のある人は全員車椅子に乗っていて、自分の足では歩かないと思っている社会もある。ぼくはかつて、フィリピンのある空港に着いたとき、車椅子を用意した係員に迎えられたことがある。彼は障害のある乗客がいると聞き、無意識にぼくが歩けないと思い込んだのだ。

こういう考え方はけっこう一般的だ。ホテルで知らないうちにハンディキャッパー用の部屋にされてうんざりすることもしばしばだ。フロント係は間違いなくぼくに便宜《べんぎ》を図ったつもりでいるが、実際のところ、ぼくに大きな問題を押しつけたことにしかならない。ハンディキャッパー用の部屋のカウンターや机はどれも高すぎるし、バスタブの横に取り付けられた転倒防止用バーも、頭を下げて避けなければならない障害物が増えるだけのことだ。

何らかの身体的問題をかかえた人には「どうすればお役に立ちますか？」と質問しよう。喜ばれると思っている助力が、人によっては邪魔になる場合もある。

ぼくたちは誰でも独立を大切にする。それは、自由でいるという気持ちになれるからだ。行動の独立性は、行きたい場所へ行く自由を与えてくれる。思考の独立性は新しいアイデアを探す自由や、ステレオタイプだったり偏見をもったりする自分から解放される自由を与えてくれる。

ぼくたちが尊重しなくてはならないのは、他人に依存することではなく、自立することだ。あなたはぼくを助ける。ぼくはあなたを助ける。あなたの弱点はぼくが強いところを見せる機会になるかもしれない。ぼくの制約はあなたの長所を活用する機会になるかもしれない。

自分の家を持ち、自分で生計を立てているおかげで、ぼくは自立していると大いに感じることができる。しかし、もしガレージのドアや暖房炉が壊れれば、ぼくはまた自分が依存しているという感覚を持つ。休暇中の隣人のために新聞を取ってあげたり、逆にその隣人がぼくの留守中に家に気をつけてくれたりするときは、持ちつ持たれつの関係を認識する。この三つ——依存、自立、相互依存——は、ふさわしい状況と人間関係がそれぞれ違っている。

どんなとき、どんな〈コンディション〉の下で、どのやり方をとるかについては、試行錯誤《しこうさくご》するしかない。それにともなうリスクを進んで背負おう。間違えたら直せばいい。そして相手に「私は限度を越えていますか？」「こうすると助かりますか、それとも邪魔ですか？」「何がしてほしいですか？」とたずねよう。

自分にも進んでこう問いかけよう。「こうすればいまは助けになるが、長い目で見れば害になるのではないか？　私が作っている人間関係はつねにこちらが与えて相手が受けるだけの、一方通行の関係ではないのか？　私は自分一人の楽しみや利益のために他人を利用しているのだろうか？　私は他人を自分の役に立てるために操っているのだろうか？」

〈コンディション〉が引き起こす制約のせいで、ぼくはしょっちゅう、成功とは相互関係的なものだと思い知る。ほとんどの人が、成功は個人の決断、勤勉、卓抜なアイデアのたまものだと信じているだろう。しかしある時点で、そのような結論は間違っているだけでなく、プライドのひけらかしでもあると気づかなければならない。

ぼくたちは誰でも、他人との関係のなかで何者かになり、何かをなしとげる。身近に暮らしている人たちとの間にお互いに満足できる状況を作り上げることが、アイデアやエネルギーや技術や身体的助力をバランスよく与えあい、受け取りあうための健全な流れになるのだ。

威厳をもって助力を与え、受け取ろう

「手助けが必要かどうか、進んでたずねられるのがうらやましい。私は普通、照れくさかったり恥ずかしかったりで、なかなかできないのです」とぼくに言う人がよくいる。気が進まない原因の一つは、手助けを頼むのは弱さのしるしだと信じ込んでいるせいではないだろうか。それは大間違いだ。手助けを頼むのは弱さのしるしではなくて、人間愛を共有する行為だ。

何度でも、はっきりと手助けを頼む行為は、あなたが人間として自信を持っているしるしであり、何でもできる人などいないが、誰にでもできることがあると認識できる賢明さを備えているしるしだ。お互いに協力しあうなかで、ぼくたちはいつも、ほとんどすべての条件や状況や問題に取り組む方法を見つけ、解決に導くか、少なくともマイナスの徴候を軽減する。

また、助力を申し出るのをためらう気持ちの底には、拒絶されたらどうしようという恐

れもあるのではないだろうか。

でも実際のところ、「ノー」という返事は必ずしも拒絶ではない。人が「ノー」と言うにはさまざまな理由がある。スケジュールが合わないのかもしれないし、不機嫌だったり、怖がっていたり、ストレスのほうが勝《まさ》ったせいかもしれない。もし誰かに「ノー」と言われたら、その言葉どおりに受け入れよう。否定的な気持ちになるのはやめよう。そして、また別の人にたずねよう。

想像がつくだろうが、ぼくは飛行機の座席の上の荷物入れが苦手だ。モチベーショナル・スピーカーという仕事上、ぼくはしょっちゅう旅行する。普通、機内持ち込み手荷物をショルダーストラップで肩にかけて持って行く。機内の通路は何とか通り抜けられるが、席に着いてから、頭上の荷物入れにバッグを持ち上げることはできない。

いつもはフライトアテンダントに頼んで持ち上げてもらうが、ときにはそれより先に、他の乗客がぼくの身体的〈コンディション〉を見て、「手伝いましょう」と言ってくれる。あるとき、ぼくはフライトアテンダントに、頭上の荷物入れに荷物を入れてくれないかと頼んだ。すると彼女は即座に、「できません。お客様のお荷物を持ち上げるのは会社の規則で禁じられております」と答えた。

「そうなんですか？」とぼくはていねいにたずねた。そんな規則を耳にしたのは初めてだったからだ。

「はい」と彼女は事務的な口調で答えた。「非常に多くのフライトアテンダントが、お客様の重い荷物を持ち上げるのを手伝って背中を痛めています。もしご自分で頭上の荷物入れに持ち上げることがおできにならないのなら、前の座席の下に入れるか、預けてください」

けれどぼくの席は最前列だったので、前の席はなかった。幸いなことに、乗客の男性がすぐに、「わたしがやりましょう」と言ってくれた。

あのフライトアテンダントが、話しているさいちゅうにぼくに両腕がないことに気づいたかどうかはわからない。ぼくはジャケットを着ていたから、気がつかなかったかもしれない。ぼくにとって、彼女の親切心の欠如はひどい拒絶だったが、そのせいでそれからの一日が台無しになったわけでもない。

飛行機に乗るときは、できるかぎり最前列に座ることにしている。そこなら書類や本を前の床に広げて作業をしたり、メモを取ったり、アイデアを書き留めたりするのにじゅうぶんなスペースがあるからだ。それに、機内食のトレーを床において足の指でフォークやスプーンを持って食べることもできる。

そのフライトアテンダントは、ぼくが足で作業しているのに気づくと、ぼくのところに来てシートの横に膝をついて、さきほどの言葉を詫《わ》びた。「お手伝いすべきでしたわ。申し訳ありません」。彼女がそう言ってくれて、ぼくはありがたかった。彼女が謝り、ぼくがそれを受け入れたことで、二人の間にできた距離は埋《う》まった。

誰の人生にも、しょっちゅうそんなことが起きる。心から素直に謝り、率直にそれを受け入れれば、あわてて言ったり、イライラして言ったり、腹を立てて言ったりしたことも水に流せる。それに、そのフライトアテンダントが別のことでぼくを助けてくれるきっかけにもなった。

彼女はぼくの尊厳を回復する助けをしてくれたし、ある意味では、ぼくも彼女の尊厳を回復する手助けをした。

しかしあなたにとって、他人が威厳を持って自分に対するのを知るよりずっと大切なのは、自分の尊厳という感覚を保つことだ。それは、自分が親切心と誠実さ、寛大さと共感を持ち、偏見や恩着せがましい同情を持たずにふるまっているのを知ったとき、あなたに備わっている。もしあなたが誰かにとって本当にいい人——励ましの言葉や、親切な行動や、親しみのこもった笑顔を通して——だったら、あなたは正しい、立派な、良いことをしたと安心していい。たとえ、あなたの善行に気づかなかったり、感謝しそこねたりする人がいたとしても、あなた自身には自分の善意や価値がわかっている。

他人が差し出してくれる手を感謝して受けよう

つい最近、ぼくは人の親切に非常に感謝したことがある。ぼくはセントルイス市街から空港に向かう電車に乗っていた。ぼくは窓際に座って、翌朝ダラスで行う予定の講演のことを考えていた。そのとき、一人の男が隣に座った。衣服は汚れ、ヒゲも剃らず、体臭を放っていた。男はぼくのスーツケースに手をかけた。

ぼくはすぐにカバンの上に足を乗せてそれを阻止すると、「何をするんだ！」と言った。男はカバンから手を放すと、「おい、あんたは空港に行くんだから金《カネ》を持ってるだろう。おれは金が必要なんだ。二、三ドルくれないか？」と言った。ぼくはびっくりし、うろたえながら言った。「だめだ。君にやる金なんかない！」

ぼくはシカゴとニューヨークで物乞いに出合ったことはあるが、たいていの場合、だめだと言うと、物乞いは立ち去った。しかしこの男はしつこかった。ぼくの革のコートをつかみ、ぐいっと引っ張って開いたので、ボタンが一つちぎれた。男は怒気《どき》を含んだ声で「おい、おまえは金を持ってるだろう。おれは刑務所から出たばかりなんだぜ」と言った。そして汚れたコートに手を突っ込むと、ピンク色の紙を取り出した。紙をぼくの鼻先で動かしながら、男は「これが出獄許可証だ。おれは金がいるんだ」と言った。強烈な悪臭を放つ唾《つば》が飛び、ぼくは男の前歯が折れているに気づいた。ぼくは恐ろしくなった。この状況から逃げ出したかった。ぼくは体をゆすって左肩からコートと中身のないシャツの袖を振り落とし、男にぼくの〈コンディション〉が見えるようにすると、「ぼくは腕がないんだ。ぼくから離れてくれないか？」ときっぱりと言った。男の同情心に訴えたかったのだが、相手は一瞬以上は驚いたものの、しつこく要求をつづけた。「悪いな、あんた。だけど、おれは金がいるんだ。金をくれよ！」

ぼくには男が財布のある場所を血眼《ちまなこ》になって探しているのがわかっていた。男はぼくの体をまさぐって財布を探し始めた。あきらめるつもりはないのがわかった。

ぼくは振り返って後ろの席のビジネスマンを見た。彼はこの光景の一部始終を見ていた。ぼくは彼に、「すみません。ぼくは両腕がないんです。助けが必要なんです」と言った。彼はうなずいて立ち上がると、通路に出て言った。「ここに来て私の横に座りなさい。窓際の席に座りなさい」と言った。彼はぼくと強盗の間をさえぎる位置に移動し、ぼくは立ち上がるとスーツケースといっしょに後ろの席に移った。

強盗は怒りだし、大声でビジネスマンの〝邪魔〟をののしり、「余計なことをするな！」と叫んだ。それから、ビジネスマンを押したり突いたりしはじめた。状況はエスカレートしていった。他の乗客たちはおびえた表情を浮かべていたが、誰一人ビジネスマンやぼくを助けようとする人はいなかった。次の駅で数人がそそくさと降り、あとの乗客たちは隣りの車両に移ってしまった。

男は押したり突いたり叫んだりしつづけた。その間じゅう、ビジネスマンはぼくに「君を置いては行かないから。君を置いては行かないから」と言いつづけた。強盗も「何でもないんだよ、あんた。すまねえな。二、三ドルくれればいいんだよ」と言いつづけた。

強盗は手をポケットに突っ込んだままだったので、ぼくはナイフか銃を持っているのではないかと思った。とうとうぼくは、「二、三ドル渡せば、行ってくれるのか？」と聞いた。男はうなるような声で「五ドルか十ドルにしろ」と言ったが、それを聞いてぼくは、もし靴のなかから財布を出せば、そっくり持って逃げるにちがいないとわかった。クレジットカードも運転免許証も現金も、すべて持って行かれてしまう。

ぼくはどうしたらいいかわからなかった。この男から逃げることさえできれば、と思ったが、同時に、次の駅で降りても、強盗は簡単にぼくを追いかけてくるし、助けは誰もいないかもしれないということもわかっていた。

列車はさらに二つの駅に停まったが、誰も助けに来てくれなかった。三つ目の駅に着くと、とうとう強盗はビジネスマンにイライラして彼を列車から引きずり降ろそうとした。

男はビジネスマンの鼻を正面から殴りつけたので、血が飛び散った。その瞬間、プラットホームにいた警備員が暴行を見て飛び込んできた。強盗は逃げ出し、もう一人の警備員が追いかけた。

ビジネスマンもぼくも、座席に座ったときは震《ふる》えおののいて口もきけなかった。女の人が来てティッシュでビジネスマンの鼻の血を押さえてくれた。ぼくたちはやっと落ち着き、気を取り直して会話をはじめた。ぼくを助けてくれた人は弁護士で、同じく空港に向かうところだった。ぼくは彼にむやみやたらにお礼を言い、空港に着いたら彼とは別れることになるだろうと思った。しかし彼は、自分の乗る予定の飛行機は別のターミナルから出発するうえに鼻血もまだ止まらないにもかかわらず、出発ゲートまで送ってきてくれた。

ぼくはこの男性への感謝の気持ちを一生忘れない。彼はぼくを大怪我かあるいはもっとひどい事態から救ってくれた。ぼくの代わりに殴られてくれた。あとでわかったところによると、彼の鼻は実際、強盗のパンチで折れていた。

もし、誰かに助けてもらったことを感謝しなくなってきたと感じたら、記録を取っておこう。他人の助力に慣れてしまって、当然の権利だと感じるようになっているかもしれない。他人に助けてもらうのが当然だと考えている人は、往々にして自己中心的に人を操る傾向がある。

誰かが助力を申し出てくれたときは、それを受けても受けなくても、手を差し伸べてくれたことにお礼を言おう。あなたを助けてくれる一人の人間として、その人があなたを気づかってくれたことに感謝しよう。「ありがとう」という言葉は、単なる礼儀よりずっと大きなものだ。他人への支持の表明だ。あなたが支持を表明したときはいつも、あなたもお返しに支持を受け取っている。

ぼくたちは誰でも心の底からお互いを必要としている。地球上での仲間としてだけでなく、自分の潜在能力に気づき、充実感と人生の目的を持つためにも。

あなたは鏡の前に座ってじっと覗き込み、
自分は何者で、何になれて、
何ができる才能を与えられただろうと、
一心に見つめたことがあるだろうか。
鏡を見つめると、自分の欠点が見えてくるだろう。
古びたり、擦り切れたりした部分も見えるだろう。
しかし、もう一度よく見直してほしい。
大きな可能性も見えるはずだ！

第13章
新しい可能性を探し出せますか？

二十四歳のとき、ぼくは胸を張ってドアを開け、自分の家の敷居をまたいだ。ジグ・ジグラー・コーポレーションで働いていたころはセミナーツアーばかりしていたので、自分のアパートではあまりくつろいだ気持ちになれなかった。家を買うことにも、旅行中のセキュリティーや維持費が心配で乗り気にはなれなかった。ダラスに住んで二年半がたったころ、ぼくは旅ばかりの暮らしに疲れ、故郷のブリーズに帰って根を下ろしたくなった。

すでにブリーズには深く下ろした根っこがあった。町の人のほとんどはぼくが誰で何ができるかを知っているし、ぼくの強さも制約も受け入れてくれる。ぼくがその町に下ろした根っこは、ぼくの過去からつづくものだ。ぼくは将来も、ここに根を下ろして暮らしたいと思った。

ぼくはブリーズでアパートを借りるとすぐに、買う家を探しはじめた。冬のあいだじゅう、夕方と日曜を使って、広告を見たり、昔からよく知っている古い家や、大学に行ったりダラスで働いているあいだに建った新しい家を車で見てまわった。

ブリーズは小さな町で、売りに出ている家も、いつも限られた数しかない。なかにはかなり手を入れなければならない売り家もあるが、ぼくは自分でやるのも人を雇うのも好きではない。また、ぼくに向かない家やさまざまな点で満足のいかない家もある。四カ月も家を探しまわったあげく、とうとうぼくは腹が立ってきた。

そして、三月のある朝、車の修理を頼んでいた地元の自動車修理工場のジーニーに、溜まっていた不満を話した。車を取りに行ったときに、世間話のなかで、買うのにちょうどいい家がまだ見つからないと話したのだ。そして、どこかに売り家があるという話を聞いていないかとたずねた。ジーニーはいくつか挙げたが、どれもぼくが除外した物件ばかりだった。すると彼女は、ちょっと皮肉っぽい声で、「じゃあ、あとは誰も欲しがらない北の大きな家しか残ってないわね！」と言った。

ぼくはちょっととまどった。どの家のことを言っているのかわからなかった。でもすぐに、街の旧市街にある色あせた黄色と白の大きなヴィクトリア風の家を思い出した。二カ月ほど前、不動産業者に紹介されたが、その古さと大きさから、まっさきに除外した家だった。「だめだよ。誰がそんなもの買うもんか」とぼくは答えた。ぼくたちは笑い、ぼくは帰った。

次の日曜、ぼくは両親の家に向かう途中、その古いヴィクトリア風の家のそばを通った。通り過ぎるとき、「買ったらどう?」というジーニーの冗談を思い出した。ぼくはそんな考えを頭から振り払った。しかし突然、奇妙な感覚がぼくを襲った。ぼくは急ハンドルを切ってひき返すと、そのあたりを走って問題の家を見つけた。それから通りの向かいにしばらく車を停めて、じっくりとその家を見た。ぼくはただ、家を見ただけではなかった。時間をかけてその家を把握《はあく》しようとした。

古いのは明らかだった。外壁を覆《おお》う板のペンキはところどころ剥《は》げていた。庭木や植木も茂りすぎていた。それでも、その家の持つ風格ははっきりとわかった。

四本の力強いイオニア式の円柱が家を取り巻くポーチを支えていた。玄関脇には豊かな色彩の丸いステンドグラスの窓が一つあった。十メートルを越す高い尖塔の先は手仕事の銅製の花で飾られていた。

ぼくは特に、家の横にある大きな木に引きつけられた。頑丈な枝が張り出して、まるで巨大な腕が家を抱いているように見えた。木はよく繁った深い紫の葉に覆われていたが、堂々とした大きな幹はいやでも目についた。灰色の樹皮にできたしわやこぶの数々が、木に特徴を加えていた。根を相当深く張っているにちがいなかった。
二、三本の枝がほとんど地面に届きそうに垂れていたが、他の枝は上に向かって伸び、建物の三階までとどいていた。巨大な幹と枝の先のかぼそい緑の新芽が鮮やかなコントラストを見せていた。この木は、この古い家の玄関を出入りした数えきれないほどの家族や友人たちを見てきたにちがいないと、ぼくは思った。そう考えると心が安らいだ。
家と木の寿命の長さにまつわる何かから、恒久不変《こうきゅうふへん》という感じが伝わってきた。「どっしりとした」「伝統的な」「威厳のある」「放置されていたが修復する価値がある」「歴史的価値が高い」といった言葉が次々と心に浮かんだ。それから「ルーツ」という言葉も。

木を見て、堂々とした家の正面の外観を細かく調べていると、頭の中にジーニーの声が聞こえた。彼女はこの家を「誰も欲しがらない」と言っていた。確かに、この家は売りに出されてから一年以上もたっていた。その地所を見れば見るほど、ぼくは次第にその古い家が少しかわいそうになってきた。

かわいそうな気はしたが、それにもかかわらず、魅《ひ》かれてもいた。ぼくは子どものころ、父が車を運転してぼくたちを学校に送るとき、この家を通り過ぎたときの短い記憶を思い出した。ぼくは幼い子どもだったが、こんな大きな家に住んだらどんなふうだろうと空想した。家の構造から、子どものころによく作って何時間も遊んだ「レゴ」のお城を思い浮かべたせいだろう。

　とうとうぼくは、「いくらか手を入れる必要はあるけれど、再び壮観を取り戻すことはできる」という結論に達した。

　その時点で、ぼくははっと現実に引き戻された。新しい考えが改修という想像に取って代わった。「ぼくは独り者だ。この家はぼくが住むには大きすぎる。それにこんな古い家をどうやって修理するんだ？　かなりの修復が必要だろう。そんな家を持つなんて、現実的じゃないし、バカげている。ぼくは金づちも使えないしペンキを塗るのに梯子《はしご》に登ることもできない。だいいち、ぼくに買える値段のわけがない」

　ぼくは車を発進させ、これから向かう家族のことに注意を向け直した。

　しかし、それから数日間、その家はぼくの頭に何度も浮かんだ。ぼくはエレガントで派手な配色でペンキを塗った姿を思い浮かべた。どんなふうに庭の手入れをしようかと思いめぐらした。さまざまな空想がどんどん膨《ふく》らんでいき、ぼくはその考えを忘れるよう自分に言い聞かせた。そして忘れようとするたびに、気がつくとその家のそばまで車を走らせていた。

　とうとうぼくは、この家を自分のものにするという途方もない考えを頭から払いのける唯一の方法は、屋内の状態と売り値を調べることだと悟った。「あの家にどれだけ大変な修理が必要で、どれだけ値段が高いかがわかれば、思い切れるだろう」と、ぼくは自分に言い聞かせた。

家に一歩踏み込んで、ぼくは圧倒された。広い玄関ホールがぼくを招き入れた。重厚な木製の階段が二階へといざなった。部屋から部屋へと見て歩くにつれ、その家はまったく修理の必要がないことがわかった。それどころか、驚くほどいい状態だった。前の持ち主が中央空調装置《セントラルヒーティング》を備え付けたため、電気の配線も完全に新しくなっていた。内部の修理が必要にちがいないというぼくの言い訳はきれいに消え去った。ぼくは本当に「くつろいだ」気持ちになれた。

ぼくは取引銀行と弁護士と会計士に相談した。唯一相談しなかった専門家は、保険外交員をしているぼくの兄だった。ぼくは家族にこのことを言うのが怖かった。家族からおまえはバカだと言われ、家を買うなと言われるのを恐れたからだ。

子どものころはいつも、誰かに何かをできないと言われると、ますますむきになってその難題を組み伏せようとしたものだ。ぼくはこの問題を、自分が正しいことを証明するためだけのものにはしたくなかった。ぼくは自分にぴったりの家を探していたし、自分一人で決断する必要があるのを知っていた。

かき集められるかぎりの情報を準備して、ぼくは持ち主との交渉をはじめた。さまざまな申し出を検討して、土曜の午後四時三十分、ついに値段の折り合いがついた。

ぼくは有頂天《うちょうてん》になった。家はぼくのものになった！　ぼくは興奮をこらえきれなかった。誰かに、家を持つ身になったことを言いたくてたまらなかった。その週末、両親は町を出ていたので、ぼくは友人のニールの家に飛んで行って、居眠りしているニールを起こし、この快挙を話した。寝込みを襲われて腹を立てていたかもしれないが、つき合いのいいニールは、ぼくにとって画期的な偉業になるこの出来事をいっしょに祝ってくれた。

両親が帰宅すると、ぼくはすぐにこのニュースを知らせた。

母は唖然《あぜん》としていた。

しばらくたってから、母は右手を上げて頬《ほほ》の涙をぬぐい、咳《せ》き込むように言った。「息子たちのなかで、よりによっておまえがあの家を買うなんて。おまえのために、私があきらめたあの家を、おまえが買うなんて」

このとき初めて、ぼくは父と母がこの家を欲しいと思ったものの、たくさんの先天的障害を持った息子が三階まである階段をうまく昇れる姿を想像できなくて、買うのを断念したという話を聞いた。

ぼくは一階から三階の主寝室に行くまでの三十二段の階段を昇りながら、時どき両親のその話について考える。両親が、ぼくが昇れるかどうか危ぶんだ階段を、ぼくは毎日昇り降りしている。二人がとても気に入ったけれど、ぼくの家庭には向かないと思ってあきらめた家は、いまではぼくが家庭と呼び、心から気に入っている。

その家に引っ越したあと、祖母が手紙をくれた。手紙には「おまえはとても貴重なものをくれた。ジョン、私はおまえを誇りに思います」と書かれていた。

あなたは今日、自分の将来に期待を持っていますか？

あまり機会も潜在能力も積極性も見えなくてやる気をなくしていますか？

「おまえにはできない」「おまえには向かない」「おまえにはそんな能力はない」「おまえがその仕事をするには、あるいはその目標を達成するには、あまりに大きな努力が必要だろう」などという、他人の手で毛布か何かのように自分にまとわされた意見を相手に、もがいていませんか？

ぜひ、自分の人生の前に車を停めて、自分が何者なのか、どんな人間になり、何をするための天分を与えられたのかをじっくり見直してみよう。

たしかに、欠点はあるだろう。少し古びているかもしれない。多少の損傷もあるだろう。しかし、可能性に目を向けよう！　物事はどんなに変わるのか？　直せるか？　修復できるか？　回復するか？　良くなるか？

ふたたび夢を描いてみよう。自分のための新しい未来を思い浮かべてみよう。それは、自分が成長し、手を伸ばし、家族や友人との満ち足りた人間関係に深く根を下ろしていく未来だ。

未来像を広げよう。

新しい選択肢を探そう。

そして、行動することを選択するのは自分にかかっていることを認識しよう。

ひとはステンドグラスの窓に似ている。
明るい太陽の下では生き生きと輝きを発するが、
太陽が沈んだあと、
その真の美しさは
内部からの光があるときだけ明らかになる。

——医学博士エリザベス・キューブラー＝ロス

第14章
日常の旅を歩むためにどんな選択をしますか？

ある日、小学一年生の甥《おい》ニコラスのクラスで、先生がぼくのビデオ『アームド・ウィズ・ホープ《Armed With Hope》』を見せた。子どもたちは、ぼくが足で卵を割ったり足の指で万年筆を持ってサインしたりするのを見て感心した。

その日の午後、学校から帰ったニコラスは、母親に「どうしてジョンおじさんは映画になったの？」と聞いた。

ニコラスの質問に驚いた母親のデニースは、簡単な答えを探して言った。「ジョンおじさんには腕がないからじゃないかしら」

ニコラスは肩をすくめると、向こうに行きながらつぶやいた。「それって、そんなすごいこと？」

デニースがそれをぼくに話してくれ、二人で大笑いした。ぼくは、自分の〈コンディションン〉がニコラスには大したことではないと知ってうれしかった。おそらくニコラスにとっては、彼が手の指を使うようにぼくが足の指を使うのがちっとも変ではないのだろう。ぼくがそれ以外のやり方をするのを見たこともない。その日は一日じゅう、ニコラスの言葉を思い出すたびに笑いが込み上げた。彼は自分が思っている以上に正しい。

実際のところ、両腕がないことは全然すごいことじゃない。腕がないことは、ぼくの人生において立派さの決定要因となる事実ではなく、また同時に、自動的に落伍者の烙印《らくいん》を押される事実でもない。

ぼくが自分の人生で立派であってほしいと願っているのは、ぼくが生きていくうえでこの〈コンディション〉を克服してきて、これからも克服しつづけるやり方だ。

ぼくが立派であってほしいと願うのは、自分の〈コンディション〉に対するぼくの姿勢と、身体的〈コンディション〉に先に目を向けて、内部にある本当の〈コンディション〉と取り組むことを学んだやり方だ。

ぼくが立派であってほしいと願うのは、自分の潜在能力をじゅうぶんに発揮し、人生の目的をまっとうしたいという望みだ。この二つはぼくの〈コンディション〉の影響を受けているが、それによって制限されたり境界を定められたりはしない。

子どもたちに話をすると、よく「障害を克服する方法を覚えるのにどれくらい時間がかかりましたか?」という質問を受ける。

本当を言うと、ぼくはまだすべてを学んだわけではない。〈コンディション〉をどうやって克服するか、いまでもたえず学んでいる。つねに何か新しく学ぶものがある。行く手にはつねに新しい困難が待ち受けている。難題を一つ打ち負かしたと思ったとたん、そいつが別の角度から忍び寄ってぼくを嘲《あざけ》っているようなときもある。

生きていくことは、いくつも山が連なる山脈を登るようなものだ。一つの山の頂上に立つと、大きく開けた景色のなかにもっと高い山があって、ぼくに征服しろと誘いをかける。だから、ぼくはまだじゅうぶんに自分の〈コンディション〉を克服しきってはいない。それどころか、ぼくはつねにそれを克服しようとする段階にある。ぼくはいつも悪戦苦闘している。ぼくの身体的〈コンディション〉はどれ一つとして、過去形になったものはない。ぼくは腕のない毎日を暮らし、腕がないことから生じる困難のある毎日を暮らしている。一日に一歩ずつ、大切に生きていく。困難を克服しようという姿勢で、一歩一歩進んでいく。

人生に起こる多くの問題をすっかり克服することなどできないかもしれない。あなたがたえず悩まされている問題は、一生続く身体的な特徴かもしれないし、あるいは単に判断力や努力が欠けている結果かもしれない。しかし、敗北主義の後ろ向きな姿勢で生きることを選んでいいというものではない。

ぼくには今でも疎外感を持つときがあるかって？　たしかにある。ぼくは日曜の午後に友人たちがゴルフに出かけるとき、同じようにいっしょに行けたらいいなと思う。兄弟や友人たちが改築する家の手伝いをして石壁を積み上げるのを、いっしょに手伝えたらいいなと思う。

ぼくはいまでも拒絶されたと感じるときがあるかって？　もちろん、ある。たいていの男性がそうだが、女の子をデートに誘って断られるのは好きじゃない。

ぼくはいまでも怖いと思うときがあるかって？　そりゃあ、あるさ。股関節が関節炎になるかもしれないとはあまり考えたくない。そうなったら、足を動かすのがとても難しくなる。

ぼくはいまでも尻込みするときがあるかって？　身体的あるいは感情的なリスクのせいで何か新しいことをしなければならないときは、いつもそうだ！

ぼくはただ、何かをするとき、自分が何もできないとくよくよ悩まないようにしているだけだ。ぼくは友人たちや家族といっしょに何かをする時間が大好きだ。兄弟たちを手伝っているときは楽しい。ぼくは関節を柔軟で健康な状態にたもてるよう努力している。いまでも魅力的な女性をデートに誘うリスクを冒している。いまでも、恥も外聞も捨てるときがあるし、尻込みしたくなるのを我慢して危険を冒すときもある。

ぼくは、到達できないでいるのが自分一人ではないのを知っている。数えきれないほどの人たちが、ぼくにこんなことを白状している。

「我慢する方法を身につけたと思ったのに、ある状況になったとたんに逆戻りして、短気な自分と格闘しているんです」

「あまり多くの仕事を抱えないよう、できませんと言う方法を覚えたと思ったのに、また逆戻りして、仕事漬けになっています」

「バランスのいいスケジュールにできたと思ったのに、また逆戻りして、時間を切り詰めなければならないまでに手を広げすぎてしまいました」などなど。

人生のどんな段階にも新しい困難はある。年齢を重ねる過程そのものに、新しい困難が生じる。新しく成熟し、関与し、名声を獲得し、達成するたびに、新しい困難も生じる。これで終わりというゴールはないし、それと同時に、途中棄権もない。

人生の旅のための毎日の祈り

ぼくは毎日、人生の旅に踏み出そうとするとき、次の四つを携える。

① 希望のヴィジョン
② 忍耐に根ざした冷静さ
③ 頑張り通すための肝《きも》のすわった決断力
④ 祈りを通して神様とのあいだにできた親密な関係

これらは、ぼくが卓越して意義深い目標のある人生を生きるために頑張る土台だ。

① 希望のヴィジョン

希望は目的ではない。目的に向かって歩くときの気分だ。希望は、毎朝ベッドを出て旅に出発する理由を与えてくれる。希望は一日を、一月を、一年を、一生を、満足して、充実して、喜びをもって、意味をもって暮らせるかもしれないという期待だ。

希望は絵に描いた餅のような空想や幻想ではない。客観性というレンズを通して見た真実に根ざしている。客観性から選択肢が生まれ、選択肢から希望が生まれる。本物の希望はけっして曖昧《あいまい》なものではない。曖昧さは希望ではなく失望から生じるものだ。本物の希望はまぎれもなく存在したかもしれないものを土台にしている。定義ができて、目に見え、想像できるものを土台にしている。期待されるものが明確であればあるほど、実現したいという希望は強くなるものだ。

② 冷静な忍耐

一日ですべてができるわけではない。すべてのものを一日で計画したり構想したりできるわけではない。ぼくたちはみんな、人生という名の旅に出るよう呼びかけられ、一歩、また一歩と足を踏み出してしっかりと誠実に歩く。

ぼくは急がされたり責められたりしているたくさんの人と出会う。彼らは成功した人生に到達することに夢中で、気も狂わんばかりになってさえいる。彼らは一つの行動から次の行動へ、一つの出来事から次の出来事へ、一つの計画から次の計画へと急ぐにつれて、人間はすべての物事を発生させることなどできないという事実を見る目を失くしていく。ぼくたちの上に起こるいくつかの出来事は、良いことも悪いことも、ぼくたちにはコントロールできない。ぼくたちは悪い時期を我慢して粘り強く歩いていける力が必要だ。良い時期を本当に楽しみ、それを家族や友人たちと分かち合うには、じゅうぶんにゆっくり歩く必要がある。

ぼくたちはほとんどの環境や状況をコントロールできないが、それに対する対応をコントロールすることはできる。多くの場合、ぼくの選択は辛抱強く観察することだ。それらがどのようにして明らかになっていくかを見守るのは面白い。ぼくは自分がするとわかっていること、できるとわかっていることをする。それ以外は他人にまかせ、最終的には神様の手にゆだねる。

③ 肝のすわった頑張り

ぼくのアゴには、よちよち歩きのころに歩く練習をしていてつけた傷がある。体を支えたり転んだときのクッションになる腕がなかったので、歩きはじめて以来、走ったり、階段を昇ったり、体をさまざまな位置にうまく動かしたりを覚えるごとに、ぼくはしょっちゅう床や道やバスタブにアゴをぶつけていたような気がする。もし両親がぼくが転ぶのを恐れていたら、けっしてぼくに歩くよう励ましたりはしなかっただろう。ぼくはいま、自分の人生に同じ姿勢で取り組んでいる。

ぼくは自分の目標において成功しようと決心している。それはまず何より、深い意義のある人生を生きること、他人に奉仕する人生を生きること、自分に個人としての満足感を与える人生を生きることだ。ぼくは達成しようとはじめたことは、頑張ってやり抜こうと決心している。ぼくは自分が元気をなくしたり、ひるんだり、失敗することがたびたびあるだろうとわかっている。それが人生だ。しかしぼくは、そんな事態が起こったときに座り込んだままでいたりはしない。ぼくは立ち上がり、落ち着きを取り戻し、前に進むことを選ぶ。

④ 祈りを通して神様を身近に感じる

ぼくは一人で人生を歩んでいるのではないことを知っている。必ずしも神様がぼくの誕生に先立ってレッド・カーペットを敷いてくれたり、ドアを開けてくれたりしたと信じているわけではない。しかしぼくは、神様はぼくたちの人生を共に歩いてくださっていると信じている。神様は、いつでもぼくたちのそばにいると約束してくださっている。人間がそれ以上何を望めるだろうか？

ぼくは将来について怖くなったり自信がなくなったりするといつでも、聖パウロの次の言葉に慰められる。「神を愛する者たち、つまり、御計画に従って召された者たちには、

万事が益となるように共に働く」(「ローマの信徒への手紙」第八章二八節)

聖パウロは起こることのすべてが善いことだと言っているわけではない。むしろ、神様が壊れた人生のかけらを拾い集めて何か善いものを作っているのだ。ちょうど壊れたガラスの破片がわが家の玄関脇の美しいステンドグラスの窓になったように、神様はぼくたちの人生の破片を組み合わせてご自身を喜ばせ、神様の光をぼくたちを通して他人に向けて放つようなものをお作りになる。

覚えているかぎりでは、次の言葉が階段脇の壁に掛けられていた。「ひとはステンドグラスの窓に似ている。明るい太陽の下では生き生きと輝きを発するが、太陽が沈んだあと、その真の美しさは内部からの光があるときだけ明らかになる」

ぼくは何より、ぼくのなかで輝く光が欲しい。そうすれば他の人たちもぼくの内部からさす光で勇気を得て、さらに希望に満ちた人生を歩んでいくことだろう。

「答え」はあなたの中に在《あ》る。

おわりに

あなたに投げかけた「14の質問」

この本のなかで、ぼくは答える価値があると信じる「14の質問」を投げかけてみた。
それに答えるのは専門のアドバイザーではなく、あなた自身だ。

① 行動が感情より勝《まさ》っていますか？
② 自分の〈コンディション〉に向き合っていますか？
③ いちばんやりたくないことを進んでやれますか？
④ 自分を変えられるほど自分自身を愛していますか？
⑤ 自分のスタイルを持っていますか？
⑥ 人生という試合でのあなたのポジションは？
⑦ 自分を客観的に見つめていますか？

⑧　どれだけの大きさの人生を求めるつもりですか？
⑨　最近自分を笑ったことがありますか？
⑩　正しい質問をしていますか？
⑪　スパイラルは上向きですか、下向きですか？
⑫　進んで助けを求めていますか？
⑬　新しい可能性を探し出せますか？
⑭　日常の旅を歩むためにどんな選択をしますか？

その答えがあなたの将来を決定するだけでなく、人生で得られる喜び、充実感、満足の度合いを決定する。その答えがあなた自身とあなたが愛するすべての人に影響する。

あらゆる問題には解決策がある。

だが、あなたはそれを探し求める必要がある。

あらゆるものは手に入る。

だが、あなたはそれに手を伸ばす必要がある。

訳者解説

ジョンとの出逢いがわたしを変えた！

河本隆行

もしあなたに両腕がなかったとしたら……
あなたはどうやって買い物をしますか？
あなたはどうやって車を運転しますか？
あなたはどうやってメールを打ちますか？
そして……あなたはどうやって愛する人を抱きしめますか？

このジョン・フォッピの本、『「答え」はあなたの中に在る』を読む前のあなたと読んだ後のあなたでは、きっと答えが違っているはずです。そうではないですか？

人間には、自分が「できない」と思っていることを、「不可能だ」と思い込んでしまう習性があるようです。その典型的な例が、ジョン・フォッピに初めて会った日のわたしの思考パターンでした。

数千人もの観衆で埋まったシンガポール・エキスポ会場、わたしはステージ最前列で、ジョン・フォッピの姿を初めて観ました。身長百六十センチほどの小柄な体格に、腰から太腿にかけて異様に発達した筋肉、そして、あるはずのものがない彼の両肩から、だらりとぶら下がっているシャツの両袖が印象的でした。

その小柄なジョンが喋りはじめた途端、まるでダイナマイトが点火されたような爆発力をもって、大きな会場は揺さぶられました。ときには激しく、ときには優しく話す彼のスピーチ・スタイルに、観衆の心は釘付けにされました。

わたしですか？　もちろんわたしの心はジェットコースターで疾走するごとく、泣いたり笑ったり、はたまた、（昔を思い出して）苦しくなったりの連続でした。

感動……

スピーチに感動したわたしは、彼の著書（この本の原書『What's Your Excuse?』です）にサインをしてもらおうとステージ横に真っ先に駆けつけました。

しかし、ふとこんな考えがよぎったのです。

両腕がないのに、どうやってサインを書けっていうんだ？　ああ、なんて自分は間抜けなんだ。両腕のない人にサインをねだるなんて……

二〇〇四年五月、シンガポールで開催された世界的規模の大セミナー、ナショナル・アチーバーズ・コングレス（NAC）会場での著者と訳者。右の女性は著者の夫人、クリスティーン。ジョン・フォッピ氏と河本隆行氏の親交はこのとき生まれ、本書が日本に紹介されるきっかけともなった。二人の熱い連帯は現在でも変わりなくつづいている。

ある意味、本当にわたしは間抜けでした。

左足を使って、自由自在に文字を書く彼の姿を見たとき、わたしのなかの「不可能」の定義が「可能」に変わったのです。

両手がなくても文字が書けるんだ！

『ないものにではなく、あるものに焦点《フォーカス》を当てる』

彼から教わった人生を劇的に向上させる究極の法則です。

あなたは、自分が持っていないものに焦点を当てて生きていますか？

それとも、自分が持っているものに焦点を当てて生きていますか？

ぜひジョンのように、自分が持っているものに焦点を当てて生きてみてください。これがジョンの魂のメッセージなのです。そして、このメッセージをあなたに届けるためにジョンは生きつづけているのです。

ジョンが頻繁に使う言葉のなかに〈condition（コンディション）〉という単語があります。英語で〈コンディション〉というのは、「状態、状況、条件、体調」などの意味ですが、原書のニュアンスをより読者の皆さんに理解していただければと思い、この日本語版では〈コンディション〉という語を訳さずに、あえてそのまま使いました。

ジョンはこの〈コンディション〉という単語を、「ハンディキャップ」や「環境」といった言葉と一緒に並べて、それらはすべて人びとが持つ〈コンディション〉である、と説いているのです。つまり、ハンディキャップや環境的な要因を「問題」として考えるのではなく、ただの〈コンディション〉と考えてみてはどうか、ということなのです。

人はさまざまな〈コンディション〉を持って生まれます。白人だったり、黒人だったり、お金持ちの子として生まれたり、貧乏人の子としてだったり、男性だったり、女性だったり……これらはすべてが〈コンディション〉です。だから「お金がない」というのと「両腕がない」というのはどちらも同じ、そう、〈コンディション〉なのです。

ジョンは言います。

「ぼくを見てくれ。ぼくの〈コンディション〉は明らかに両腕がないということだ。ある人はこの〈コンディション〉に絶望して自殺してしまうかもしれない。しかし事実は、ぼくはこの〈コンディション〉があるからこそ、こうして皆さんの前で話すことができるんだ。この〈コンディション〉のお陰なんだよ」

さらには、この〈コンディション〉に掛けて、彼は〈Unconditional Love（アンコンディショナル・ラヴ＝無条件の愛）〉という言葉も多用しています。「コンディショナル」の反対語である「アンコンディショナル」なのですが、そのまま日本語にすると原書のテイスト（味わい）が崩れてしまうので、少しでも彼のニュアンス＆エッセンスを体感してほしいと願って、ここで説明しておきます。

ジョンとの出逢いによってわたしの人生が変わったように、この本『「答え」はあなたの中に在る』との出逢いによって、あなたの人生が劇的に改善されていくことを心より願っています。

愛と行動、そして、人生を楽しもう！

河本隆行

（かわもとたかゆき＝モチベーショナル・スピーカー、「河本隆行インテリジェンスリサーチセンター」主宰）

◉著者について

ジョン・フォッピ John Foppe

アメリカを中心に活躍するモチベーショナル・スピーカー。生まれながらに両腕がないとう逆境を克服した体験を心温まる語り口で語り、人びとを勇気づけ、啓蒙している。政府機関やアメリカ海軍、ＮＦＬやＭＬＢなどのプロスポーツ選手を前にしての伝説的な講演、またローマ法王から祝福をさずかったことで一躍著名になった。「10人の傑出した若きアメリカ人」の最年少選出者でもある。セールス・スキルで著名なジグ・ジグラーの愛弟子として修業し、世界各国の企業や団体で、意識の掌握スキル、人間的に成長する方法、人生における成果の上げ方などについて非常に影響力のある講演を行っている。

著者ＨＰ／www.johnfoppe.com（英語版のみ）

◉訳者について

河本隆行（かわもと たかゆき）

1969年東京生まれ。25歳で単身渡米し、ＵＣＬＡ（カルフォルニア州立大学ロサンゼルス校）卒業。アンソニー・ロビンズやロバート・キヨサキ、アラン・ピーズなど世界的スピーカーの同時通訳者を務める。自身も「河本隆行インテリジェンスリサーチセンター」を主宰し、日本、アメリカ、シンガポールなどで活躍中。著書に『ミリオネアの教え、僕の気づき』（小社刊）、訳書に『人生を変えた贈り物』（アンソニー・ロビンズ著、小社刊）がある。

訳者ＨＰ／www.ktirc.com

「答《こた》え」はあなたの中《なか》に在《あ》る
逆境《ぎゃっきょう》を克服《こくふく》したジョンからの14の質問《しつもん》

◉著者
ジョン・フォッピ

◉訳者
河本隆行《かわもとたかゆき》

◉発行日
初版第1刷　2006年 9月10日
初版第2刷　2006年10月10日

◉発行者
田中亮介

◉発行所
株式会社 成甲書房

郵便番号101-0051
東京都千代田区神田神保町1-42
振替00160-9-85784
電話 03(3295)1687
E-MAIL　mail@seikoshobo.co.jp
URL　http://www.seikoshobo.co.jp

◉印刷・製本
中央精版印刷 株式会社

Printed in Japan, 2006
ISBN4-88086-202-9

新しい自分をつくる本

自己イメージを変えると人生は変わる

マクスウェル・マルツ

高尾菜つこ 訳

私たちの行動は、自分が真実だと思い込んでいるイメージによって決まる！……あなたは今、自分に不満を抱えていないだろうか。欠点ばかりが目につき、何をやってもダメな人間だと思ってはいないだろうか。周りの評価を気にして、本当の自分を押し殺してはいないだろうか。多くの人びとは車やファッションで自分を変えようとするが、あなたを本当に幸せにできるのは自分自身に対するイメージなのである。形成外科医として世界的な権威の著者マルツ博士は、「自己イメージ」の驚くべきパワーを発見した。患者たちを不幸にしているのは、自分自身に対する間違った自己イメージだった……。この本には「自己イメージ」を高めるためのエクササイズが用意されている。それは想像力という素晴らしい道具を使ったエクササイズだ。さあ、あなたも新しい「自己イメージ」で、真の幸せを手に入れよう！「イメージ・エクササイズ実践シート」付き――――――日本図書館協会選定図書

四六判◉定価1470円（本体1400円）